早安台灣

曹俊彥 文、圖

目次

Good morning, 台北

恁早，中台灣

勢早，南台灣

maranam kiso, 東台灣

★ Good morning、恁早、勢早、maranam kiso分別是英語、客語、台語及阿美族語早上打招呼的用語。

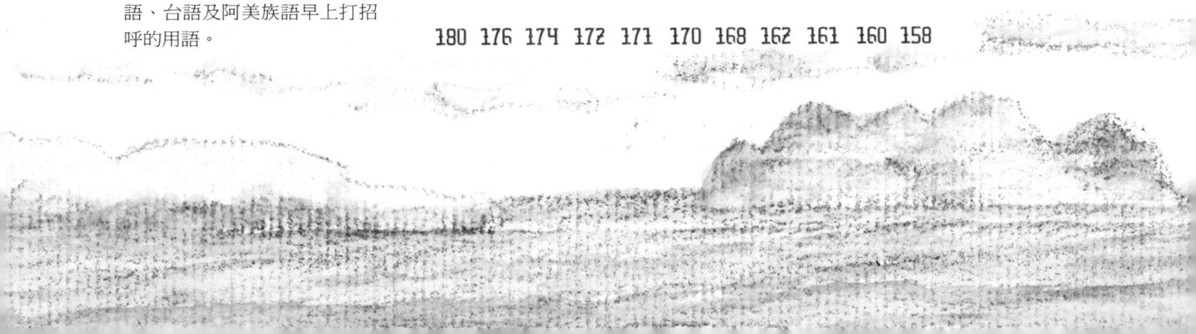

推薦一

看「天光瞬間的好圖」真歡喜！

夏日初始，收到遠流出版公司寄來曹俊彥老師的《早安台灣》的書稿，能比大多數讀者先看到這百來篇精采的圖文，真歡喜！

我也是喜歡透早起來就畫圖的人，所以特別愛看曹老師畫的「天光瞬間的好圖」！

看「台北日出」（見六八頁）天的光、魚肚白、近景樹木的暗綠，構成光影對照，景象美得出奇。台北人應多多透早起來看天的美，有這種習慣的人才能享有欣賞「水」風景的好機會！

看「在浴缸裡逐光捉影」（見一一六頁）的天色，會感覺到「天」是世界上最最偉大的色彩魔術師，它號召「雲集體在天頂玩百米賽跑」，有「氣勢的美」！雲和山之間是七彩的

從我家附近的河濱公園順著自行車道可到達淡水，沿途有許多捕捉「天光瞬間景象」的好景點，此畫即為其中一處風景。我特意選用寬長的黃色底紙，以蠟筆的筆觸快速畫出中景的雨農橋，及遠景的大屯山系，呈現疏朗亮麗的晨光之美。

快筆塗鴉，嗳喲！中景是好多好多繽紛的色塊，像是在玩抽象的堆積木遊戲啊！這種晨光景象真是千載難逢，曹老師真是一個有福氣的人！

看「東方初陽照山頭」（見一五四頁），哇！這幅畫的「綠」層層堆積，有著油畫的厚重感，充滿了山的肌理美。兩個山頭上的黃色亮光色塊，彷彿龍脈的兩隻眼，前景田園中的樹林隨風輕擺起舞，好一幅名畫！

我可以在《早安台灣》書中看到道道地地台灣人的畫家朋友，畫出台灣特有的亞熱帶風光，庶民生活的各種樸實、自然圖像，能享受這樣的——TAIWAN真「水」的圖文，真歡喜！

（本文作者鄭明進為資深美術教育家，曾任國小美術教師二十五年，被童書界封為「台灣兒童圖畫書教父」，身兼編寫、翻譯、引薦……多重角色，對台灣兒童圖畫書的推廣有啟蒙的地位。）

推薦二

美麗的心，記錄台灣道地的晨光

蛙大

在我離開職場後的這幾年，「島內出走」在台灣已蔚為風氣，島上的居民紛紛用自己的角度，重新去認識這塊土地，用不同的方式去詮釋他們自己眼中的台灣，這是一種對土地的認同，也是一種對家鄉情感的抒發。

雖然自己常用鏡頭來記錄台灣，也看過無數的台灣道地影像，總覺得自己算是全台跑透透，但接觸了曹老師的《早安台灣》後才發現，原來自己眼中的台灣，多半是走馬看花而已，只獵取了美麗的畫面，卻鮮少深入去瞭解每一個地方。

書中曹老師一幅幅晨間的速寫，讓我除了讚嘆那不同筆觸與技法的運用

早起拍日出對我這種老是賴床的人是一項艱難的任務，為了拍蘭嶼的日出，大清早五點不到就翻山越嶺的趕到後山來，只是日出的那一刻讓我不禁傻了眼，一大塊雲朵就這樣擋在太陽面前，雖沒見到日出，卻發現——原來若隱若現也是一種美！

之外，也讓我多了一點想像。按下快門的時間再長，總不過就是只有那麼一霎那，而要將看到的影像畫成一幅畫，卻得用眼睛撫過每一吋土地，再用筆勾勒出每一個細節。我想，應該沒有一種方式能比畫畫更貼近的去觀察土地——能夠用畫筆記錄台灣的早晨，除了風景美麗，心也一定很美麗。

或許我們人生的早晨多半都是拿來趕上班或是賴床吃早餐，但我相信，靜靜的坐在角落看著台灣說早安，也許會看到不一樣的風景，不一樣的人生。

（本文作者蛙大現為影像、文字創作者，透過單車與登山等不同方式，一步一腳印記錄台灣各地方影像，希望讓大家更認識這塊土地，用心感受台灣的美，也因為瞭解這個地方，進而愛護這塊土地，讓環保深植人心。著有《島內出走》）

自序

用畫筆跟台灣說早安

曹俊彥

自從二十幾歲擔任教育廳兒童讀物編輯小組的美術編輯開始，為了推廣兒童閱讀，就常常有機會到許多不同地方開會、演講、辦展覽和參與座談。這樣的工作是不能遲到的。假設與會人員或聽眾有三十人，我要是遲到一分鐘，就等於浪費掉台灣的人力三十分鐘。顧慮到這點，我都盡量提早到達，但是大部分地點是以前沒去過的，不知道車程要多少時間，下車後步程還有多遠？雖然打電話或上網可以查到一些資料，還是不放心，所以總會再提前一些。如此一來，常

早上四點多，天色微明的卯澳灣，水光和天光將山形、船影、薄雲、礁石襯出濛濛的影子。三貂角的燈塔有節奏的閃著光，山腰還有卡車的光點在移動。我把速寫簿攤開，用兩頁來容納這樣的寬闊。

常比預定的時間早到許多。這些多出來的時間，可以看書，可以聊天，也可以發呆。我因為喜歡畫圖，就用它來畫速寫。時間多的話，就在附近找有特色的景點來畫；時間不多，就隨緣，不挑剔的，看到什麼畫什麼，後來發現這些隨緣畫的小圖或簡筆畫，有些雖然沒真的畫完，卻有特別的趣味，或記下一些不期然的紀錄，為了讓這些紀錄更有參考價值，每一幅畫完的時候都盡可能的記下時間和地點，有時候還簡單的加一些記事。

如果要去的地方路途較遠，交通班次也不多，這時候不是需要大清早搭頭班車或飛機，就是得前一天先到目的地過夜，而搭飛機得在半個小時前到達機場，辦理劃位、確認。搭火車或客運

（右）醫生一定會告誡我，這樣的姿勢對脊椎不好，但是這個高度最好啊！好啦！我會畫快一點啦！福山植物園還有多許多地方等我們去參觀。

（左）在花園新城等交通車，樹好看就畫樹，兩個外甥孫女圍過來看了，說：「好爛的樹哦！」真對不起，我沒有畫像棒棒糖的樹。

最好也是在發車前留一些緩衝的時間，比較安全。這些預留的時間，有長有短，有些在室內，有些在室外，可以畫的題材就完全不一樣了。如果是提前一晚到達，第二天預備參與的活動，大多不會早於八點半。習慣五點半起床的我，就有兩個鐘頭左右的時間，可以在附近走走、看看，去發現當地特殊的景觀或人文活動。

因為都是清晨，如果到公園附近，最容易看到的是做早操、打拳，或跳舞的人。台灣早起的人很多，大家也都很重視健康，所以早晨的公園很熱鬧，各地跳的舞，做的體操不太一樣。而且聚集的人一多，就有生意可做，賣農產品的、賣早餐的、賣簡易運動器材的，自然在周邊擺攤，八、九點一到，人潮散了，便各自收攤回去。有幾次，我試著速寫那些忙碌的人，但是會被擠來擠去，很不容易。早上的菜市場更熱鬧，初到一個以前從未造訪過的地方，能上市場走一走最好，這時候我寧可東看西看的，探索新奇的事物；佔住一個位置畫圖反而容易妨礙人家工作。如果住宿的地方沒有提供早餐，公園或市場附近往往能夠找到最有地方特色的食物。以早餐常吃的蛋餅來說，

一大早由農試所後面翻牆到台東海邊，穿過難走的消波塊，正好看到太平洋的日出。和鄭明進兩人忘情的畫起來，海風和晨陽給了我這樣的造形。

我的經驗裡在北部，似乎沒有人沾醬料的，在南部就可能會給你一碟像醬油膏的沾料，而且地方不同口味也不同。以前在清粥小菜的店或攤子吃早餐，真的只有清粥，第一次和農業推廣課的人到台南，竟然在大清早吃到虱目魚粥，真是南北不同。

不過，我還是喜歡找機會畫速寫，從車窗看出去的晨景，也不放過。住宿時，能夠的話盡量要求樓層較高，窗口風景好的房間。如果同一個地方重複去過幾次，甚至於住同一個旅店，也盡可能的要求朝不同方向的房間，這樣才能有不同的風景可畫。曾經有服務人員告訴我，我想要的房間可能比較吵，我還是要了，只為了第二天早上有好的展望，可畫圖。結果整晚忍受冷氣冷卻塔的噪音，雖然我有航空公司送的耳塞，但效用不大，由枕頭傳來的振動仍然干擾了我的睡眠，還好，第二天的活動是不會打瞌睡的演講，而不是需要長時間閱讀的評書活動，影響不致太大。

有一次，我工作的編輯小組在農委會安排之下住進台東農試所，聽說它的後面就是海邊，第二天一早天沒亮，帶著簡單的畫具悄悄的朝後門走，沒想到同行的鄭明進老師也帶著他的畫具，躡著腳步出來了，兩人走到後門

(右) 停車場的防護杆當椅子，正好讓我將正前方充滿朝氣的綠意畫下來，這兒是福隆，好吉祥的地名！

(左) 在扇平的清晨，大家去和瀑布道早安，林良先生走得真快，我才坐下來開筆，他就到了，也在一旁坐下來，檢視一下從這兒看瀑布是不是最好？

才發現門是關著的，於是一起爬牆翻過去，趕到海邊正好看到日出。那天我們各自畫了一幅海邊日出的水彩速寫，畫畫有伴真好，可以一起翻牆，一起感動，萬一畫得忘了時間，也比較不會被放鴿子。

為了要畫畫，出去講圖畫書時，雖然因為帶了幾本圖畫書，行李相當重，也一定要把速寫本和畫具塞進去，而且還要放在一個隨時都方便拿出來畫的位置才行。為了瞭解將要去的地方有什麼可以入畫的景點或「好望角」，我也養成行前找些資料來研究的習慣。

就這樣到處去，到處畫，因為可以享受畫速寫的樂趣，對於路程比較遠的地方，就不覺得那麼辛苦了。

台灣的景色，因為有山有水有海，還有一些特殊的地形、不同的林相，加上海島型的氣候很有變化，越畫越有趣，畫著畫著，發現單是日出就畫了好多次，每一幅的感覺都不一樣，其他的也大部分是晨景，在不預期的狀況下，竟然收集了台灣許多地方的清晨風景，好像我刻意要以彩筆向台灣道早安。

就將這些畫集結成冊，用它來祝福台灣，天天都如日出時刻，人人都充滿朝氣與希望。

二次大戰的尾聲，市面上藥品嚴重缺乏，家父就在終戰前因為得不到妥善的醫療，因腸炎過世。當時，我五歲。戰爭結束後，母親重新覓得教職，在當時十九歲的大哥陪同下，夜裡修習注音符號和國語，白天便現學現賣的，用政府規定的語言在女子中學教書。幸好父親和母親在日本時代為了讀古書和佛經，對漢語有些底子，所以適應得很快。當時家裡的成員，上班的上班，上學的上學，只有我還在學齡前。母親不忍心叫我一個人看家，便調到一個有附設幼稚園的小學，擔任五、六年級的級任和學年主任。所以六歲時，我便開始和大家一樣，得早早起床，打理自己，跟著媽媽去「上班」。每天這樣便養成了早起的習慣，就是星期天也一樣。

戰前畢業於台北商業學校的大哥，非常喜歡地理，日本老師離開台灣時，送給他許多地圖，星期天大哥就按圖索驥，帶我們在台北近郊大大小小的山裡踏青登山，所以星期天反而比平時起得更早。那時候用的背包和水壺袋，都是擅長女紅的大姊縫製的，背包裡的東西很簡單，夏天是黃瓜一粒，春天則是兩顆橘子，再準備幾個麵包當午餐。為了回程下山不要摸黑趕路，都盡量趕早班車。戰爭結束時，我們家的經濟是從零開始的，雖然母親的教職有食物配給，大哥從日本部隊的經理兵退伍，有一點遣散費，但是從「疏開」的北投山腳搬回大稻埕，還得租屋。儘管外公相當富有，那是傳子不傳女的時代，母親和大哥只能咬牙撐下來。外婆很疼母親，有時候會批一點蜜餞，讓三姊和三哥去賣，賺一些補貼。大哥不願意我們因為拮据而有任何自卑，星期天帶我們去爬山時常常說，我們最富有，因為懂得享受這麼廣大美好的後花園。平時夜裡，只要得空還會拿一些讀物來說故事給弟弟妹妹聽。

後來，我進入師範學校就讀，三年住校的生活都是早睡早起，如軍隊一般一切按表操課，而我常常起床號還沒吹就醒來，因為已經養成習慣，時間一到，生理時鐘就會先喚醒我。畢業後到小學服務，很巧的遇到同樣「勢早」的學長——劉興欽，他很會安排時間，每天都早早到校，如果不當導護，就一個人躲到超安靜的教具室，除了備課，大部分時間在畫漫畫的草稿，他說早晨的時光，頭腦清楚，用來構思漫畫故事最理想。等到大夥兒都來了，教職員朝會時，他就做一些不怕吵的工作，如上墨、畫線等。平日工作勤奮的劉興欽，星期日絕對會放下工作去玩。喜歡釣魚的他，前一天下午開始準備，星期日天微亮，就往海邊或山澗去，也都是搭頭班車或自己騎摩托車和晨光賽跑。我和他同事三年，這三年的星期日都和他一齊上山下海，所以又延續了早起的習慣，有一次我們搭公路局的班車到小格頭，到達時發現我們竟然在雲海之上，原來這兒是北宜公路的最高點，經常可以看到白雲堆積於山腰的雲海美景，所以這兒有一所小學，就叫做白雲國小，好像童話故事的名字。聽說這雲海多在清晨形成，好像是老天送給早起者的獎賞。

我喜歡早起，有時候出去外面蹓了一大圈，好像已經過了老半天，回到家有人才剛剛起床，這時候就記起老人家常說的一句話：「日頭照尻川囉！事頭已經做一山坪囉！」意思是說，太陽已經昇得很高，照到你的屁股了，我到山上工作已經做了一大片了。

我有早起的習慣，自己覺得很得意，早起，到外頭走動會發現早起的人真不少。起早趕路的，開頭班車的，賣早餐的，送晨報的，早上起來運動的，大家真的都很「勢早」。

兒童文學作家陳木城，在卯澳擔任福連國小校長時，邀請畫家到那兒取材寫生，當天學校配合活動，讓小朋友也帶著畫板、畫紙，跟著畫家們隨意走、隨意看，興致來了，自己也可以在附近畫。當時受邀的畫家除了我之外，還有鄭明進、趙國宗、林煥彰、洪義男、劉宗銘、劉伯樂、王金選、林鴻堯等，都是小朋友在兒童讀物裡看過名字的，大家同時看到一樣的風景，卻畫出完全不同的風景畫，是相當難得的經驗。這些畫並且於當地利洋宮舉行廟會時，在廟裡展出，讓村民信眾看到自己平時常見的風景，在畫家筆下是什麼樣子。將藝文活動和廟會的民俗活動結合起來，是相當特別的創意。

當天晚上我和劉宗銘等人夜宿學校的電腦教室，地板透着木材的香味，柔和的海浪聲，像搖籃曲似的，很舒服的就進入夢鄉，可是天沒亮，就被一陣噪音吵醒，不知道什麼東西誤觸了學校的警鈴；既然被吵醒，我們就到學校後方的海邊坐下，看三貂角燈塔的光很有節奏的，隔一段時間就從右前方的山嶺照過來。時間大約清晨三、四點，警鈴已經停了，只有海浪拍打礁石的聲音。突然我注意到，就在三貂角方向的山腰，有光點在移動，而且是一個接一個，隨著光點的引導，我們才發現那是一條公路，一直延伸到學校的前面，往福隆方向去，從剛才就一直有大貨車在奔馳。這麼多車子，這麼早！他們在忙什麼啊？後來請教木城兄，才知道東北角海岸有許多海產養殖——特別是九孔——都是在清晨二、三點裝箱、運送，趕在四、五點的時候送到基隆或台北的大市仔，才來得及以最新鮮的狀態供應市場和餐廳，甚至於打包上飛機送到國外去。以前以為菜市場的商販已經起得很早，這才知道原來供貨給市場的人才真的是「勢早」啊！

「勢早」是台灣人在早上打招呼的話，它和北京話的「早安」一樣是上午的招呼語，但是意思並不相同——「早安」是祝你早上平安，在兵荒馬亂的時代，這句話是很合適的；而「勢早」則是互相誇讚對方的勤勞，有「這麼早您就出來打拚了，真令人佩服！」的意思。我想，對所有一大清早就起來忙碌著的人來說，一句「勢早」的問候真是再貼切不過了。

＊勢早，發音為「gâu-chá」

早安，北台灣

礁石探頭

有青翠濃綠的後山，卯澳顯得乾淨、靜瑟。退潮的海灣，無聲的搖著小小的水波，礁石還沒有完全乾透，色彩滋潤而深沉，很有節奏的排列著，似乎探頭探腦的在欣賞著利洋宮多彩的屋頂。

平靜的海灣

海水輕輕的刷洗著圓潤的岩塊，真的好輕好柔，就像慈祥的母親，捨不得弄醒寶寶甜蜜的夢。雖然天邊已經很白，很亮了。天上的雲彷彿也體會到海的心情，無聲無息的，默默把身影拉成好平好平的長線。我很收斂的，在微溼的畫紙上畫上安靜的青紫和沉睡的褐色。雖然我醒來已經很久了。

鮮！

和平島，舊名為社寮島，由基隆市區過一道跨海橋就到，在橋邊因為可避風浪，成為可以泊船的碼頭，船很多並排停靠。碼頭分為兩層，上面是現煮海鮮的攤子，下層撐著帳篷，擺桌椅，讓客人一邊賞船，一邊嚐鮮。我找到一個好角度，一面畫，一面回味剛剛下肚的魚湯。

海上雞籠

以前農家或鄉居的人，都會在院子裡養幾隻雞，不想讓雞到處亂跑的時候，就用竹簍子蓋住牠們，竹簍子上面再壓一塊石頭，牠們就跑不掉了，這個竹簍子就叫做雞籠，也有人用裝煤炭的竹簍代替。基隆的原名正是雞籠，因為當地有一些山很陡，樣子像雞籠。從和平島對過去的海上，有個島更像雞籠，它叫做雞籠嶼。

港口裡的泊船小弟

小小的船，大大的力氣，在港口專門負責把大它好幾倍的大輪船，擺正，歸位，讓港裡的船排得整整齊齊的。它還負責帶領大輪船安全的進港和出港。小東西，功用大，許多兒童讀物的作家和畫家喜歡用它當故事的主角，因為暗喻小孩子很能幹，所以很受小朋友的歡迎。

大樓船，大樓，船

以前，基隆港是軍事要塞，不可以描繪，不可以拍照，停的是軍艦和貨輪，現在停的輪船，顏色亮麗，房間很多，它的背後遠景是蓋得很高，可以俯看港口的觀光飯店。時代真的是不一樣了，大樓上可以看船，船造得像大樓。

基隆雨傘客

基隆是一個海港，基隆地區又多山，這些山雖然不是很高，但是都很陡，喜歡登山活動的大哥說這些山是年輕的山，並不是說這些山適合年輕人爬，而是從造山運動的過程，說這些是地層皺摺隆起形成陡峭的山峰，還沒有經過歲月與風雨的馴服，這些山擋住從東北方向來的水氣、雲霧，致使基隆地區一年約有一半是雨天，所以基隆有雨港之稱。大哥在鄰近基隆的八堵上班，搭火車通勤，每天都得帶一把雨傘

以防萬一。有時候台北大晴天，大哥仍然帶著一把黑雨傘，親友們都笑他是基隆客，有些人則說他是英國紳士，因為英國倫敦也是多雨多霧的地方，紳士們出門都是黑西裝、黑帽子加一把黑雨傘的標準造型。

因為大哥被稱為基隆客，我們很自然的對基隆這個地方感到好奇與親切，大哥在星期日帶我們踏青、登山的行程當然也包括了基隆地區，不過台北到基隆以前沒有麥克阿瑟公路，更沒有高速公路，雖然有「公路局」可搭，但是路繞來繞去的，中間要停的站也多，得花很多時間，相較之下鐵路的路線感覺直多了，速度也快一些，雖然班次較少，但我喜歡搭火車，因為坐「公路局」有時候會暈車，搭火車就沒這個問題。還有，我也喜歡聽鐵輪子滾過鐵軌，那種節奏穩定明快的聲音，或是欣賞由窗口滑過的風景。

開往基隆的火車，一直伴隨著基隆河，以前還以為基隆河是由基隆流出外海的，後來才發現，到基隆的火車在八堵就和基隆河分道揚鑣了。而且基隆河的流向，與朝基隆開的火車是逆向的。基隆河是經過內湖、大直、圓山，在關渡匯入淡水河，由淡水出海的。

黑色基隆

過去松山到八堵之間，有許多採煤的礦坑，大概是因為在挖取和運送時免不了會有細碎的煤塊掉落，最後都被雨水沖到河裡，所以這一段的基隆河常常有不是在捕魚、撈蜆，而是在洗煤的船，他們從河裡將細碎的煤塊撈上來，剔去砂石，再賣給附近的工廠做成煤球，每回大雨過後，這樣的船就特別多。

基隆給我的色彩感覺是「黑」，除了當地產煤，以前火車的車廂外觀以黑色為主之外，當地的建築物，好像有許多屋頂覆蓋黑瓦或黑色的瀝青布，而且不論是紅磚牆、石牆或水泥牆，都因

由中正公園眺望遠方的基隆嶼，前景的民宅可見一些黑色苔痕，訴說著雨港的過往，起重機則昂首眺望著來日的光明。炭筆的黑和濃綠、淺藍的水蠟筆，在牛皮紙上道出過去與未來。

為經年累月的雨水和溼氣而長苔，形成鏽蝕的黑漬；到了港邊，大輪船也大多塗上黑漆，欄杆和巨大的錨碇也都呈暗黑色。黑色是我崇拜的色彩，可能跟我初中時特別喜歡的兩位畫家有關，一位是台灣的張義雄先生，畫展時，我常常在他的大作前，凝視很久，被畫中粗獷有力的大片黑色所吸引。另一位是法國現代畫家盧奧（Rouault，1871-1958），我是從畫冊中看到他那很特別的以粗黑線構成的油畫。我覺得粗大的黑線或大面積的黑都有一種神祕不可測的力量。所以當我看到船體那一片黑時，真的是有一股莫名的感動湧上心頭。更何況那一大片黑是在我喜愛的「船」身上看到的。

看大船放尿

基隆，距離台北不算遠，可以是一日遊的旅程。以前小學都會安排「遠足」，也就是現在的校外教學，一年級是「走路」到新公園，二年級到圓山動物園，幾年級開始搭交通工具去比較遠的地方，已經不記得了。不過好像是五年級就會搭火車到基隆，對小孩來說，基隆最讓人期待的就是去「看大船」。

在台北可以看到的船，都是小船，以前淡水河邊曾經有古早擱淺在那兒的戎克船，船身有兩層樓高，已經算是大船了。我小時候，台北很少超過三層樓的房子，所以在基隆看到用鋼鐵打造的、三層樓高的大船——若再加上船上的桅杆、煙囪和望樓還更高，真的相當震撼！看著這麼龐大的東西，被小小的駁船推著走，真是一齣好戲。但並非所有小朋友都有機會親眼目睹這一幕，情況經常是下了火車，在老師帶隊下到碼頭邊走一遭，能看到大船停在那兒，就很幸運了，接著便帶到一個小山上的公園，那兒可以遠眺港裡停泊的船隻，一面吃便當，一面看船進船出。以前基隆屬於要塞，受軍事管制，不可以照相，也不可以畫圖，學生都在公園山腳下的石階拍個看不到大船的團體照就回家了。

有人被問起，到基隆看到什麼印象最深刻？回答是：「看大船放尿！」說得真好，我記得好幾次到基隆碼頭看到幾艘大輪船停在岸邊，有一條水柱從船的腰部流出，就像小男孩在撒尿一般，那一泡尿要放很久，我沒有一次等到它尿完。後來才知道，當時台灣會對外輸出糖、米、香蕉等農作物，但因為經濟還沒復甦，進口的東西不多，所以有些貨輪幾乎是空船入港，再滿載的出港，空船以水壓艙，入港後一面裝貨一面將水洩出，保持吃水的深度，船才能維持最好的平衡，避免擱淺的危險。

老海水浴場

大約在我讀小學一年級的時候，大哥除了會帶我和三哥三姊去爬山外，夏天也會帶我們去海水浴場玩水。二次大戰剛結束時，基隆港區還有一個海水浴場，大哥就帶我們去過幾次。在印象中，除了平整寬闊的沙灘、一波波海浪外，有一座木造的休息平台，很大，四面通風，有欄柵，也有屋頂，可能是基隆多雨，需要避雨吧！當時的經營方法可能是繼承日本人的做法，大家都會去租一條草蓆，先來的就選靠海的那一面鋪著，休息的時候，可以欣賞港口大船的進出。下水時衣物就放在自己的草蓆上，大家好像都很放心，不怕東西遺失，戰爭剛結束那幾年，聽大哥說台灣治安是很好的。

觀海涼亭

這棟樓應該很老了，以前一定很風光，在樓頂上還特別蓋個圓頂涼亭，既可欣賞港口的風景，也可以看碼頭的車水馬龍。旁邊這座高架道路，和背後那些大樓看起來很新，新舊混雜在一起，又有點擠，這就是基隆的街道風貌，像老水手的家。

留得青山在

這港灣裡船隻很多，來來往往，陸地上擁擠的房舍和倉庫間，蜿蜒的高架道路起起伏伏，上上下下。還好，山還很綠，海還很清，留得青山在，就有好景觀。正對面是基隆港的內港，叫做牛稠港，遠方應是外木山。牛稠是牛欄的意思，可是裡頭沒有牛，只有許多船。

到基隆帶幾艘大船回家

解嚴以後，有一次受邀到基隆文化中心，和圖書館義工以及年輕的父母，談圖畫書的特質與魅力。我從台北搭台汽客運，走高速公路過去。由高速公路進入基隆市區的過程，相當戲劇性。因為最後一段是隧道，好像城門一般，進去後，經過一段時間，再由另一端出來，有穿越時光隧道般的神祕感。從充滿綠意的山坡，突然就轉換成房屋櫛比鱗次的都市景觀。基隆是海港，因為多山，所以又是山城，車子進入市區是由高架道路慢慢滑下來，視角隨著滑下而改變，有趣的是下來後的第一個畫面就是海港，好像是專門為想要來看大輪船的朋友安排的行程。而客運下車的位置就設在港邊的碼頭。

從下車的地方經過碼頭，步行到文化中心也不太遠，所以我就在碼頭邊登上人行陸橋，在一個轉角處——比較不會影響行人來往，視野又很好的地方，拿出小速寫簿，開始畫船，畫大船也畫旁邊的小船，希望用小船襯出大船的大。畫著畫著，心裡總覺得有點兒毛毛的，明明知道已經不會被禁止了，還是莫名其妙的擔心下一秒鐘會不會有港警或岸巡上來拍拍我的肩膀，阻止我繼續畫，甚至於沒收我的速寫簿。以前唸初中時在別的地方發生過的事，印象就是這麼深，似乎聞到海水和船鏽混合的腥味，就會浮起這樣的記憶。當然這一次是順利畫完，並且準時到達文化中心。

這一天的演講，我就秀出早上剛剛完成的速寫，當作開場白，表示自己喜歡基隆，拉近和聽眾間的感情距離，同時鼓勵大家一起來「以彩筆疼愛自己的家鄉」，然後再順勢介紹台灣的作家、畫家，像林傳宗先生，所創作的《燈塔》和《爺爺的大漁船》就是以基隆為背景的圖畫書作品。另外一位是嚴凱信先生，我介紹手邊的一本《牛郎織女七娘媽》，內容說的是台灣人七夕的民俗活動。眼尖的聽眾，在我翻書給他們看時，指出畫中的場景就是基隆，因為遠遠的可以看到大海和九份那邊尖尖的基隆山。就在親切溫馨的氣氛中順利演講完畢，我把那一天的掌聲「回向」給所有台灣的繪本創作者和出版社。會後文化中心還貼心的準備了一份伴手禮給我，是當地有名的李仔鵠豆沙餅。本來裝了許多圖畫書的提袋變得更重了，回程的車上這個加了重量的袋子給我極大的滿足感，其中還包括幾艘大船，是裝在小小的速寫簿裡的。

後來，又有很多次機會到基隆去演講、開會或訪視。雖然已經知道大約需要多少交通時間，我還是常常刻意提早出門，因為基隆可以入畫的美景實在太多了，只要時間充裕，我就上中正公園，那兒能俯看港內來往的船隻，還可以遠眺牛稠港及和平島，取景的角度很多，早起在那兒打拳運動的人也是有趣的題材。時間比較少的話，便隨意在任何街角或亭仔腳開筆，不再擔心有人來拍肩膀沒收畫冊了。基隆新舊建物雜陳的街景，畫起來也很有趣。我還發現，碼頭邊的小公園新蓋了一座約有三、四層樓高的觀景台，可以自由登高欣賞基隆港，也是一個畫圖的好地方。這樣的建築，花費不多，卻為這個城市帶來親切與體貼的感覺，希望大家共同維護。

不知道是全球氣候變化的關係，還是我被安排前往基隆的日子都在雨水比較少的季節，印象中，基隆似乎已經不再是雨港了。所以我的背袋只有圖畫書的重量，不必再加雨傘的重量。可能是雨水較少，也可能是新的建材比較好，這兒的建築，似乎也比以前亮麗了許多。感覺上整個都市都開朗了起來，更顯得朝氣蓬勃。

新造形、新建材帶來亮麗新穎的建築，在晨光下玻璃帷幕反映出港口現代感的朝氣。

望海

站在山坡上，面對著大海，視野十分寬廣遼闊，公路在山腰畫出美麗的曲線，和遠方浮在海上的小島遙遙相望，形成線與點的對應關係。留白的曲線和散置的黑點更顯現它們的特別趣味，海上的薄霧強調了小島的漸層色澤。

看山

九份山城由青翠的山色陪襯著，山坡在畫面形成的斜線，是此處特有的天際線，就這麼勾勒出一大塊三角形的天空，一座高壓電塔站立在山坡上，述說著土地開發的故事，也點綴了過度完美的三角形。而山坡上的那群房舍，似乎對著天空，努力的呼吸著，清涼的空氣。

山神守護著

看到山脊上的各色奇岩怪石，想像力不由得活躍起來。這座山下面，正是金瓜石蘊藏金礦的所在，這一天和朋友一起來參觀黃金博物館，聽說這兒八成的金礦都被開採了，但是我看這些守護寶藏的山神，都還在山上守著，並沒有離去，相信祂們還有更寶貝的東西要守護，就是寶島的靈氣！

炭筆煤鄉

煙雲籠罩，溪谷山影幾乎只有墨色的濃淡變化。我很自然的拿起炭筆，以臥筆磨出這些濃淡變化的韻味在紙上，再以水彩覆蓋淡淡的綠色。基隆河的水流在深濃的山影中泛著白光，似乎在提醒我，這個美麗的山谷是祂花費千萬年切割出來的。回家後再看這幅畫時，發現以炭筆墨色來描繪這個煤炭的故鄉，還蠻搭調的。

美人山

就在猴硐火車站前面，有這麼一座由礦場老舊設施整理成的煤礦博物館。古老的房舍，廢棄的機械、構築，都極富造形、色彩及含意，是相當能引起想像的畫題。我遠遠看到這個場景，就被吸引了。館前平整的綠草地與遠方線條起伏的山嶺對比著，好奇的問一位當地人士，那座山的名字，他說是美人山，哈！原來台灣處處有美人山。大家不約而同的以美人來為故鄉美麗的山命名，表現對自己鄉土的愛，真是有趣，其他如花蓮的豐濱，就有一座山叫做美人山，而台東的都蘭山，也有人稱它為美人山呢。

猴硐．礦場.

基隆河谷的綠色交響曲

從台北搭火車北上，由松山開始，火車的軌道就沿著基隆河走，河流和鐵軌像好朋友一般，依偎得很緊，彷彿一對跳著華爾滋的舞伴。火車轉進暖暖、四腳亭，就駛入由基隆河水花了千萬年切割出來的河谷。河水彎彎曲曲的流著，火車也彎彎曲曲的前進，在許多山洞間鑽進鑽出，有時候進入山洞前，清澈的河流在左邊，出了山洞河流就變成在右邊了——像變魔術似的，相當有趣。

火車行進間的平穩舒適，往往讓來往的客旅忘記了這條路的開發有多艱難危險。聽我母親說她高女畢業被分發到羅東教書的時候，自己一個人提著一箱行李去報到，當時火車只通行到貢寮，下車後就提著行李，和大夥兒一齊步行上山，越過草嶺古道，下山後，再由大里搭火車前往羅東。一九九七年，母親以九十三歲高齡往生時，她的孫女，也就是我的女兒，聽到這一段往事，還刻意安排時間，循著阿媽走過的路線去走了一趟，並且邀我找時間再去走一次。

隨著河流和山勢彎彎曲曲前進的火車，窗外的風景當然也不斷變

（左）轉過來、彎過去，山勢不斷變化著，溪水在岩石間很認真的流著，潭裡鱗光閃閃。

化著，有時候出現雄偉的山勢，因為逼近車窗，山壁又極為陡峭，就是抬頭也看不到山頂。有時候會閃過神祕的山谷，或山谷中安靜的，如世外桃源般的水田和農家。這一帶可能因為錯綜複雜的山脈阻隔滯留，所以水氣較濃，常常是雨濛濛的，也因為這樣，山谷中植物極為茂盛，碰上好天氣時，在陽光撫慰下，從黃綠、嫩綠、丁香綠到青綠、墨綠，配上帶紫的蔭影。這樣特殊的美景，對搭車來

2000年5月3日
赴瑞芳国小
平快.

TSAO, 2000. 4月30

往的旅客而言，真是一場無價的，有按摩眼睛功效的綠色交響曲。

所以每次要上宜蘭、羅東或花蓮、台東，購票時我一定會要求售票員給我靠窗的座位。上車後一路貪婪的往窗外瞧，吸飽大自然贈予的綠能。蹲在溪邊巨石上專注的釣客，雖然只是匆匆的一瞥，也在我心中留下短暫的寧靜。多雨的季節，山壁綠蔭間會出現姿態優美細細長長的瀑布，它的白更襯出周遭濃綠的原始生命力。可惜新式的客車車窗為了空調都設計成密閉式的，不能自由開啟，無法接觸到空氣中的原始。

記得年輕時，火車車廂沒有冷氣，車窗比較小，可以自由開關，天花板裝有不斷轉頭送風的電扇，車子奔馳的時候，還有自然形成的風可以吹，有時還會挾帶一些經過不同地方的特殊味道，似乎更有旅行的感覺。不過因為當時的火車，是名副其實的「火」車，它的動力來自於燒煤的蒸氣火車頭，行駛在這條山洞特別多的路上，旅客都得忙著開窗、關窗；因為在山洞裡，煤煙散不開，會從窗子灌進來，窗邊的人首當其衝，一趟旅程下來，就像剛剛由礦坑出來的礦工般，一身的煤灰。所以在車上，只要聽到識途老馬的旅行常客在關窗子，就知道火車又要進「磅孔」（山洞）了。

(上) 清晨的平快車空位多，趕完早市的農友，正好放鬆的躺下來養神！

(下) 一大早，列車上兩位頂著白髮、儉樸無華的老人，是下班了呢？還是正要上工？他們的表情看來好平靜。

風景雖好，可是車子走得快，景色又逼得太近，拍照或速寫都不可能，真想那一天專程搭普通車，在猴硐或三貂嶺下車來寫生。我有一位北師藝術科的同學，和我一樣被這附近的風景所吸引，於是找來這一區的公路地圖，以為自己開車機動性較好，可以哪兒風景好，就在哪兒停下來畫圖，結果因為路不夠寬，不好隨處停車，還是得找定點停下來，再步行尋找景點。不過好友因為備有性能不錯的數位相機，配合他的簡筆速寫，可以回去再進行室內作業，期待哪一天欣賞他的傑作唷。

（右）從平溪國小的校園看到後方的鄉居房舍，時間接近黃昏，天色有點暗了，想像即將到來的夜景——附近要放天燈了，會不會破壞這兒夜的寧靜？

（左）溪水流過，在馬路下形成不小的涵洞，住家牆上的小窗和涵洞，形成一個空間的對比趣味。

觀音山戴帽子

在淡水河出海口附近，靠淡水這兒的岸邊，覽賞觀音山是一種心靈的享受。這一天，觀音山頂罩著一頂帽子雲，有這種雲的山，會很自然的令人起尊敬的心。它不一定非常高，但一定是這附近最高的。只要是興風的日子，雲氣由山的四周藉著上升的氣流，聚集到頂端，凝聚成塊，久久不散。通常看到這個景象，都會是好日子。

泊船

在岸邊寮屋向下覆蓋的屋頂的襯托下，船首船尾往上翹的造形就更顯神氣了。退潮後寮屋露出本來在水底支撐的木樁，使它帶有南洋風。還好，前面的船那一身特殊的塗裝，明白的告訴我們這兒是台灣！

等待潮水

雖然影子還拉得很長，早晨的太陽已經升上來好高了，不過我們還不能出去做事。要等潮水來，我們才會出發，現在先靜靜的擺好姿勢，給愛畫船的人一個機會吧！

寂寞河岸

寒流來的那一天，到八里去開會，會後想晒晒太陽，和同伴一起沿著左岸散步去搭渡船，途中發現對岸本來綠綠的山景，幾乎被建築佔滿了。灰色的背景，襯托著水面上漂浮休息的小舟，美得有些寂寞！

從獅頭望大桶

早上七點多，住在東區的我已經爬到新店的獅頭山上了，山上有許多附近的人在林間做晨操。從這兒朝烏來方向，可以看到大桶山，「大桶」可能是說這座山的形狀像個大木桶，也可能只是說它的體積很大。先民在為山川命名時都很直接，所以很生動。不過我很想知道，更早的時候，泰雅族人是如何稱呼這座雄偉的大山？

密林中的樂園

有木，名副其實是樹林很多的地方。在這重重樹林包圍的草地上，有小朋友喜愛的玩具，真是密林中的樂園。那天在有木國小進行的繪本討論會，議程緊湊，我僅利用午餐休息的時間，畫了簡單的意象速寫，自己相當滿意。劉菊玲校長看到了，決議次年安排幾位繪本畫家來學校，和小朋友一起快樂的畫這個在大自然裡的美麗校園。二〇〇六年三月的一個春日，共襄盛舉的畫家有何雲姿、何華仁、劉宗銘與張又然。我當然也把握機會，再上山去做芬多精的深呼吸囉！

醒目的半圓弧地標

行人陸橋上這三個半圓弧有夠紅的，雖然視覺上好像使街道顯得更擁擠，却也在處處大同小異的景致中製造了一些變化。同時成為很亮眼的地標。

我搭捷運轉乘公車到這裡時，看到它就有一種安心感，因為看到這座陸橋，表示目的地到了——我得右轉了，我要去的埔墘國小就在前方不遠的地方。

暖胃也暖心的早點攤

捷運新埔站是一個重要的轉運站，我常在這兒等待開車來接我的人，或轉乘公車。

站在捷運站出口，就能感受到進進出出的人很多，這是上班的人潮。台語說：「人腳跡，肥！」意思是人潮就是商機。不少流動的小攤，在周遭不妨礙交通的地方賣起簡便的早餐，菜色都很懂得符合現代的健康觀念；而且為了服務趕時間的客人，早點都一袋一袋打包好，方便客人拎了就走。這些小攤賣的不只是燒餅油條、薏仁牛奶……，還有一樣更重要的商品，就是：貼心！

東門迎曦黃金城

連續四次到新竹文化中心跟故事媽媽談圖畫書，主要是希望透過圖畫書讓孩子更愛台灣，並一起來欣賞台灣原創圖畫書，以及圖畫書裡的遊戲等。文化中心是一棟有趣的建築，外牆裝置了許多小風車，風一來，整片牆就動起來，因為新竹是風城。可是這四次的造訪，風好像躲起來了，是不是五月比較不會起風呢？五月十三日那一次，我帶著民國五十年高中時期和同學一起遊新竹的照片，提早幾班車出發，先到東門來懷舊一下。照片裡的東門背後就是天空，而我當天畫的這一幅背後是高樓林立，是不是因此風被擋掉了呢？早晨的陽光當然也先照到高樓了。還好，東門的廣場整理得很好，在那兒散步很舒適。過一會兒，反射和直射的陽光照亮了東城門，看起來宛如黃金城一般。

2004.5.13

Good morning,
台北

神祕禮物

小時候常常看到晨霧，有時還濃到看不見對街的人，遊戲感十足，我覺得那是老天給早起的小孩的神祕禮物。後來，不知道是房子多了田地少了，還是其他的原因，在市區很少再碰到晨霧。所以，那一天在還沒被完全開發的信義計畫區散步，碰到久違的晨霧，心中一種美的感動，突然湧上心頭，找不到人可以訴說，就發洩在這一張小紙上。

還在呼吸

聽說這塊土地是台灣最貴的，大財團擁有它，這上面將要蓋華麗的大廈。土地如果知道它的未來，會是快樂、驕傲，還是什麼？有人來這兒翻土種菜，天天灑水，撫摸泥土，粉蝶也來飛飛停停，珍惜它還能呼吸，晒得到太陽的日子。

變化的美

本來我要以「晨光映樓白，薄霧罩山遠」來說我在信義路底發現這個美景的感動，等到我用水彩畫下來後，忽然感覺到，它的美其實是我畫不出來的「瞬息萬變」，那是個過程，而不是任何一個時間點。

台北日出

台北在盆地裡，四周圍著高高低低的山，又地處台灣西部，生活在這兒似乎少有機會看到日出的景象，一個魚肚白的早上騎車經過八德路，發現太陽正在大樓間的空隙探頭！啊，原來台北的太陽一樣早起！

動了！

捷運帶來交通的便利，捷運車站也成為約定見面的定點。清早，在西門站等人，約定的時間還沒到，典雅的紅樓就在附近，正在畫它，天突然「落水」，過街的行人跑了起來，本來靜態的晨景也忽然熱鬧的，動了起來。

早晨的公園

以前有一個廣播節目叫做「早晨的公園」，那個年代的人一面準備上班上學，一面收聽。播音員會談一點新聞，隨時報一下時間，參考他報的時間，作息就不會遲到或太早到。當時台北新公園，也就是後來的二二八和平紀念公園，有一棟日式小建物，裡面裝有一台「拉吉歐」（收音機），早晨到公園散步、運動的人就在那兒一邊聽，一邊拉筋。更早以前，還有一個廣播節目會播出國民健康操的音樂，大家隨著音樂就在公園裡一起做早操，現在這首曲子被某個超市改成廣告歌曲，感覺變得很滑稽。那一天到二二八公園評兒童畫，順手畫了這幅公園的風景，我畫的是老茄苳樹，心中想的卻是「早晨的公園」和「拉吉歐體操」的往事。

TS'AO 1999

樹的共鳴

兩棵樹並排站立，因為都是杉樹，姿態相近，枝葉形成的律動感，似乎相互共鳴著和諧的樂章。公園裡沒有大山大水的風景，卻常有一些可愛巧妙的小景。這兒是紀念一位中國革命家的公園，叫做逸仙公園。

大湖小島

地質學家說台北盆地以前曾經是一個大湖，湖中有一座島，各種植物的種子，經過流水或鳥類的漂送，在這座小島上生長，所以小小的一個島，植物種類卻非常多。後來水退了，這個小島就變成芝山岩，上面有許多重要的史蹟。成為公園後，希望這兒的生態和與台灣歷史息息相關的史蹟，都能夠被好好的保存下來。

施工中

完工後

揮舞觸角的大甲蟲

新的建築正在成形，像一隻大甲蟲，那些在空中舞動的「觸角」都將隱退。如果這些觸角能夠保留下來，建物的造形就更特別了。聽說它叫做「小巨蛋」，這個名字相當矛盾，既然叫做「巨」蛋，怎麼又冠上個「小」字呢？到底是巨？還是小？還得看我站在什麼角度看它。問你一個小問題，「巨蛋」台語怎麼說？

此刻，
我是主角！

畫圖的當下，起重機就是主角，它在空中糾結成一個有趣而惹眼的造形，而且位居正中。但是就如工事中的台北，時時都在改變。它的主角地位，會因為它的努力工作，而早早的被自己所構築的新建物加以取代。這種故事一直上演著，在信義計畫區尤其常見。懂得功成而身退，是崇高的。

建築紅嬰仔

台灣人稱新生兒為「紅嬰仔」，小孩剛出生時，通紅的體色應該就是健康的表徵。這一棟坐落在台北仁愛路圓環的新建築，就是以通紅的鋼筋、骨架，預告它的誕生。這樣的顏色，搶眼的向來來往往的行人和車輛，宣示它的堅固與健康！

最高的工地

迎著晨曦，起重機有如早起的農夫，珍惜每一寸晨光反復的拉上、堆積、拉上、堆積，在路人感覺不到的速度中，一點一點，默默的長高著，這是台北最高的工地。還在想規模這麼龐大的工程，要到什麼時候才會完成？卻在霎那間，它已經是好幾次跨年煙火秀最亮眼的舞台了。

近是木棉遠芳蘭

嚴格說來它不夠高，應該不算是「山」而只能算是「丘」，平常被當作社區的背景，不大有人注意它，但它的名字「芳蘭山」卻是挺優雅高貴的。這一天我在國立台北教育大學的一個教室裡評選兒童畫，窗外就是這一片木棉襯托的芳蘭山景，「不畫，手會癢」——一起評畫的鄭明進、謝宏達兩位老師都這麼說我。

2006.4.10 TS'AO
由北師眺芳蘭山

青山圍繞的台北盆地

以前在台北，不論朝那個方向，都可以輕鬆自在的看到遠方的青山，假日用不著多少時間即可踏青親山。大多數人也都能夠正確說出附近幾座山的名字，這些山常常是生活中的話題，山就是生活的一部分。

時過境遷，因為都市的繁榮，房屋的樓層變高了，想要看看四周的山，就得登上高樓或附近的山頭、高地。將來可能要刻意為小朋友們多安排一些親山的活動，或以四周的山為題材編些有趣的讀物，以加深孩子對故鄉山水的印象，厚植土地的情感。其實台北四周的山，光形狀和名稱就充滿故事的想像，如觀音、七星、粽串、木桶、五指、皇帝殿、筆架等，應該都很能引發童話作家的巧思，我曾經試著編繪了一本《屁股山》，希望能拋磚引玉，引起更多人來為我們的山、我們的景寫故事，豐富孩子們對故鄉的趣味記憶。

圓山看觀音山

觀音山是台灣許多畫家喜歡畫的山，我也特別喜歡，常從各種不同的角度畫它，這一天有事到士林，因為到得早，就順步上圓山，從圓山眺望觀音山，山下彎彎曲曲的基隆河和淡水河，將畫面推遠產生一種層次的美，本來想以簡筆淡彩快速的畫，想不到一動筆就一直添加，差一點誤了和人家約定的時間。

象山遠眺大屯山

以前從家裡的陽台，就可以看到遠方那一條起伏有致的天際線，大哥會教我們認識那些山頭的名字。後來我自己成了家，當了爸爸，也會找機會帶孩子欣賞那些美麗的天際線，並且一起從左邊開始，認識面天山、大屯西峰、大屯主峰，以及最高的七星山。就像眼前的這一幅，是從台北盆地東邊的象山，朝北遠眺大屯火山彙的一景。

四獸叢林

四獸山的景色很有原始雨林的樣子，就在松山商職附近，山形奇特，整體氣氛神祕，是市民親近自然極便利的地方。雖然有些地方山勢較陡，因為石階鋪設維護得很好，步行其間不很吃力，又有深入叢林的感覺。巨大的姑婆芋葉和活化石筆筒樹的身影，就在登山步道周邊。台灣人對這些，可能因為司空見慣不覺稀奇；但對外國人——尤其來自緯度較高地區的外國人來說，可是難得一見的。我就曾將它當作重要景點，招待日本的朋友一起來散步。

草山二月白芒花

母親九十一歲了，這天早上陪她到草山去探視親戚，順便洗洗頭髮，聊聊天。我也藉機到附近山坡去散步、踏青。這裡，據說因蔣介石領導的國民黨撤退到台灣後，一來不想有「入草為寇」的不好聯想，且為了紀念明代學者王陽明，而將之改名為「陽明山」，不過老台北人還是習慣叫它草山。草山真的是草很多的山，雖然已經二月了，仍到處可見一大片一大片白茫茫的「菅芒草」，隨著涼涼的晨風搖著；遠方齋堂邊一株櫻樹以優雅的紅，點綴了這一片綠。有一隻狗，很有自信的吠着。

2.7
1996
草山

子孫繁榮？

為了更快速，為了不阻塞，許多地方都蓋了高架道路，方便車行流暢。為了更快速，為了不阻塞，管營建的人忘了行人也要通行。為了更快速，為了不阻塞，管他什麼景觀！為了更快速，為了不阻塞，高架道路就在珍貴的古蹟臉上大剌剌的吞雲吐霧，古蹟有知，可能要嘆「唉！子孫繁榮」了。

矇眼的北門爺爺

小時候，出版品上代表台北的圖像，一個是總統府，另一個就是北門。不知道是什麼事不想讓北門爺爺看到，還是北門爺爺不想看到什麼？現在它成天矇著眼！或者，它只是在和大稻埕的鄉親玩躲貓貓？

2007.4.24

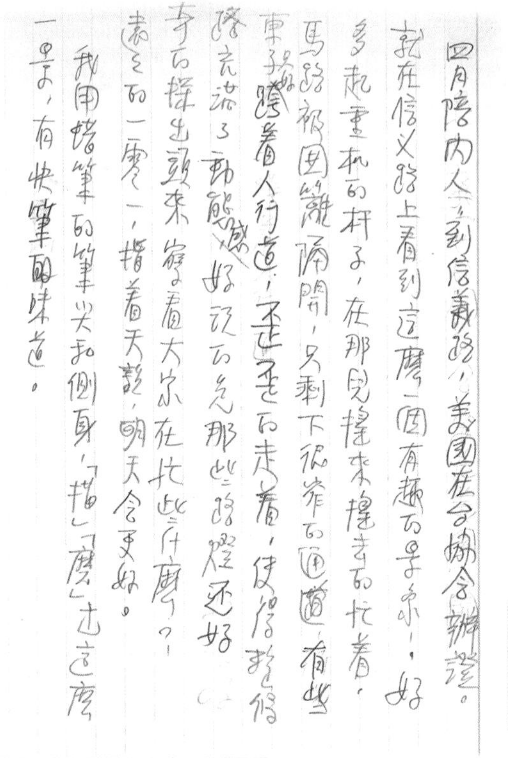

四月陪內人去到信義路，美國在台協會辦證。
就在信義路上看到這麼一個有趣的景象！好
多起重機的杆子，在那兒搖來搖去的忙著，
馬路被圍籬隔開，只剩下很窄的通道，有些
車子只好跨著人行道，歪歪的走著，使得整條
路充滿了動態感，好說的那些路燈還好
奇的探出頭來，窺看大家在忙些什麼？！
遠遠的一零一，指著天說，明天會更好。
我用蠟筆的筆尖和側身，「描」「磨」出這麼
一景，有快筆的味道。

我畫這幅速寫時，信筆記下的手稿。

施工陣痛

地下化的捷運系統，保留了地面清爽的景觀，不過施工期間多少會有「陣痛」，尤其是採用明挖的工程，交通的阻塞和噪音干擾都很嚴重，那天在信義路上等人，看到高聳的起重機在那兒搖來搖去，好像在向遠方的一〇一擺手打招呼，說：「我們將為你帶來更多的商機哦！」一旁的路燈也都探頭出來，想要參加一點意見。馬路被圍籬隔開只剩窄道，車子只好跨著人行道歪歪的走著。遠遠的一〇一指著天說：「明天會更好。」我用蠟筆的側身和筆尖「磨」「描」出這麼一景，有快筆的味道。

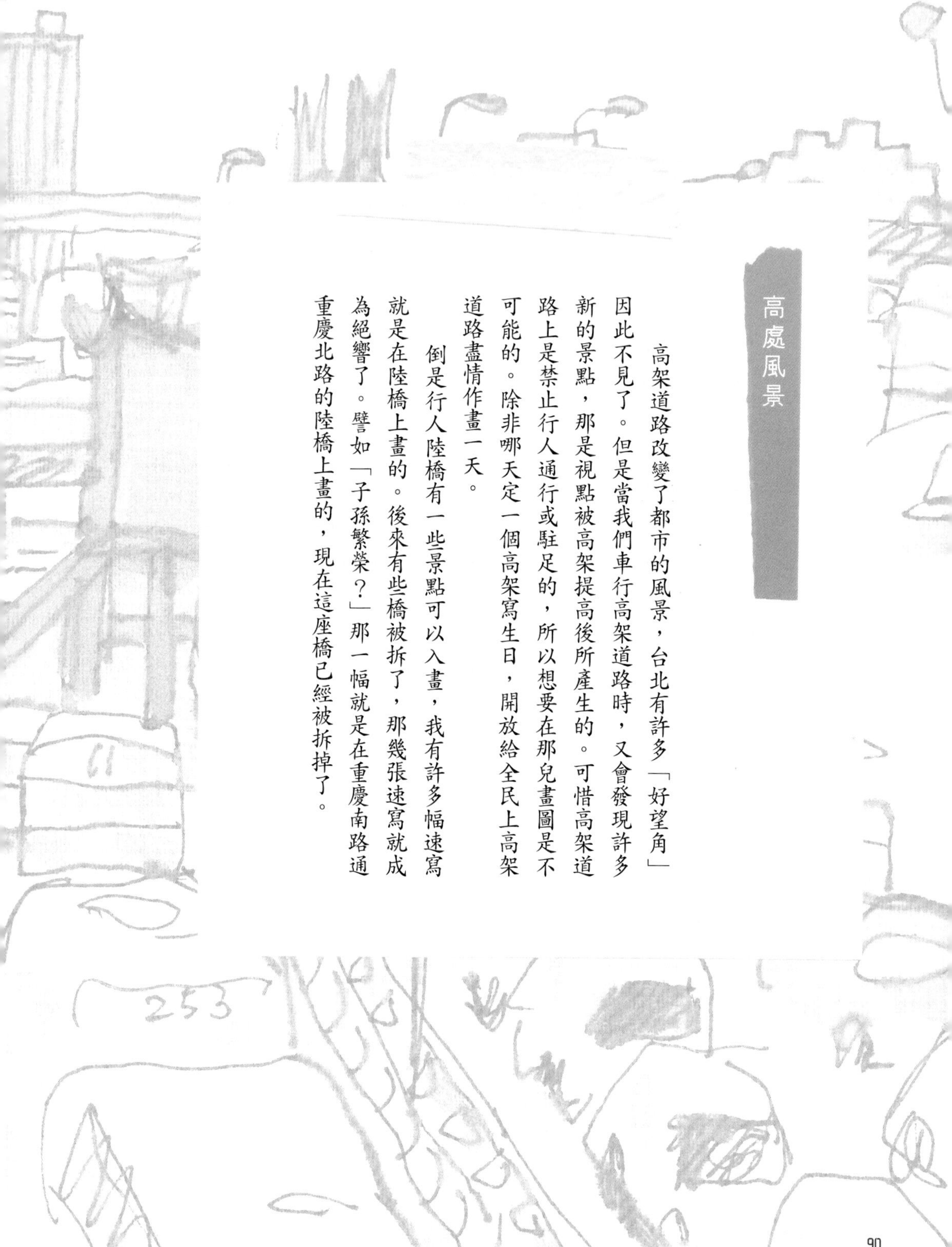

高處風景

高架道路改變了都市的風景，台北有許多「好望角」因此不見了。但是當我們車行高架道路時，又會發現許多新的景點，那是視點被高架提高後所產生的。可惜高架道路上是禁止行人通行或駐足的，所以想要在那兒畫圖是不可能的。除非哪天定一個高架寫生日，開放給全民上高架道路盡情作畫一天。

倒是行人陸橋有一些景點可以入畫，我有許多幅速寫就是在陸橋上畫的。後來有些橋被拆了，那幾張速寫就成為絕響了。譬如「子孫繁榮？」那一幅就是在重慶南路通重慶北路的陸橋上畫的，現在這座橋已經被拆掉了。

三個時代的堆疊

在公園路上南望，南門的古樸，溶入兩旁行道樹的綠蔭中；它的背後是曾經霸道的專賣局，以權威的姿態，惹眼的紅白相間頂著尖頂，挺立在那兒；再後方，則是台灣民間企業，以踏實、穩重的建築造形守護在那兒——不同時代的建築，堆疊在一個畫面裡，你會想到什麼呢？

美麗清真寺

宗教自由的基礎是教育人民懂得尊重、欣賞並接納不同的思想、不同的文化、不同的生活習俗。宗教自由使社會因為文化的多元性而更多彩多姿，更有可能激發創意。好幾次經過新生南路，都想停下來畫它，圓頂的綠瓦配上白牆，清爽與真誠的感覺油然而生。

有著糖球屋頂的小教堂

生日的清晨，騎著腳踏車在松山區的巷弄裡，鑽來鑽去自得其樂，突然感覺眼角一亮，回頭一看，在青翠的南港山襯托下，這棟建築有著裝飾得像糖球的紅瓦屋頂，和造形特殊的窗子，散發出濃濃的南歐風味。院子裡停放的白色轎車，更增加了建築的色彩層次。我沒帶水彩，就用水性色鉛筆和簽字筆將它畫下來，送給自己當生日禮物。

似老醫生般溫暖的紅牆

從二二八紀念公園看過去，台大醫院舊大樓的那一大片紅磚牆，在逆光中顯得渾厚穩重，道路的反射光更映出紅牆溫暖的感覺。舊建築古典的線條與莊重的配色，在遠方新大樓的對照下，更有老醫生自信與執著的仁慈。

天壇宮殿風的舊日科教館

以前的科學教育館，好像是一九六一年左右蓋的，取中國天壇的圓屋頂，配上宮殿式門面，相當特殊。對隨中華民國政府於四九年轉進台灣的軍人和百姓，應該具有一定的慰藉與安定的作用。畫這幅畫時速寫本的畫紙正好用光了，只好畫在剩下的這張牛皮紙上，益發有種老舊的感覺。

三角的共鳴樂章

兩個巨大的三角，一前一後的站立著。相同形狀的重疊，產生造形的共鳴趣味，兩旁的大樓有如舞台的布幕，遮住兩旁，使空間的層次感更有變化。更有趣的是前方捷運站入口的屋頂，造形雖然是曲線，因為和正三角形一樣中間隆起，所以也有小小的共鳴效果，好像樂曲結束後，再來輕輕的回叩一聲般。

珍惜「形」的資產

城市的線條，是由建築物和道路，以及周遭的自然構成的，台灣的線條中遺存著許多歷史的軌跡，展現著過去的悲情和先民的韌性，以及整體社會共同的包容性。各種不同文化意涵的建築，也讓台北擁有豐富的「形」的資產。它們隨時在提醒我們深遠的思考我們的存在，謹慎的安排子孫的未來。

消失的韓國大使館

這兒曾經是韓國大使館，一九七一年聯合國承認中華人民共和國為唯一的中國代表，之後韓國與在台灣的中華民國斷交並撤館。後來這一棟像滑梯的建築曾經變成觀光局，然後又不知道為什麼拆掉了。一九九八年我畫它的時候，可完全想像不到後來會有這麼多變化。

TS'AG

安上特殊屋頂的國宅

市立圖書館總館就在大安森林公園旁，而它的隔鄰是造形特別的國民住宅，早上陽光由東方升起，逆光使國民住宅頂樓仿南方建築的屋頂模樣，如剪影般的形成有趣的天際線，不知道是哪位有心的設計家提出的妙點子，尤其是幾個鏤空的圓，露得相當巧妙，使天際線更加活潑生動。

特色建築，城市美學

造形巧妙的建築物，可以增加城市生活的情趣，並建立起一個城市令人難忘的特色。

以前，交通還不是很方便的時候，建築大多使用當地特有的材料，加上文化及生活習慣各有不同，自然形成各地不同的建築風格，當時的城市風格是天然形成的。現代的建築材料因為「貨暢其流」加上「物競天擇」，各地使用的建材，基於價格、品質與施工的方便，漸漸的「天下大同」起來。這時想要營造一個地方的特色，就得靠有心者與有力者一起去設計打造，才能有「世界大不同」的美好與豐富。

這樣的文化環境問題，應該也是台灣要認真思考的吧！

福氣啦
TSIAO 1994

粗中帶細的士林夜市

到士林，在這個進入市場的巷口等人，天色將晚，有些店家早已亮燈候客了。早期的矮瓦房和後面的新樓房相映成趣。街上人來人往，蓬勃喧鬧，我喜歡畫這樣的氣氛。這一天我帶的是好友李南衡先生送給我的平頭麥克筆，這種筆能畫出粗細完全一致的粗線條，但橫著畫就變成細線了，如果畫轉彎的線，就會出現平行時是粗線直行是細線的變化組合。因為它是水性麥克筆，上淡彩時，部分線條被洗淡或暈開，形成另一種效果。

機車，糾結

到衛理女中去和高中生聊插畫，在士林捷運站下車，看到一排機車停在那兒，以許多接近圓的曲線，和路邊民家的直線，構成鮮明的對照，我用原子筆在小速寫本上滾出一堆線條糾結在一起的趣味畫面。後來為了強調光影，又往上加了水性蠟筆，有些地方的線條趣味就被蓋掉了，覺得有點兒可惜。如果光影的效果也由糾結的線條來表現，這幅畫就更有個性了。

2006, 5, 22
TS'AO

黑白五分埔

喜歡書法，過年時老愛送朋友春聯的兒子，身上常常帶著「自來水毛筆」，好奇的要來一枝。那天到松山火車站買車票，又看到很有生命力的成衣市場，就用「自來水毛筆」畫了一張速寫，因為是軟性的筆頭，畫出來的線條和一般麥克筆不一樣，尤其是在點葉子時，每筆點下去，都可控制形成不同造形的點，很有意思吧！

速簡的魅力與挑戰

畫速寫是在制約條件下創作——時間有限或不可預期它的長短，材料則只限於當時身上所有的，無論是紙質、顏料或畫筆。其實「不方便」也有它的好處，比如在適應原先以為不適當的材料時，反而發現它特殊的表現趣味。在時間有限時，就得想辦法快速掌握有趣的描繪重點，展現「簡」的魅力，或發現適當的「停筆」時機。「速寫」常常會刺激我們去思考一些問題，是「動筆」引起的「動腦」活動。

恁早，中台灣

迎向朝陽的晨光之家

住旅館，房間最好有窗子，窗外最好景色優美，這樣第二天一早，不論晴雨，開窗就能滿足塗鴉之樂。不過有一次打開窗，竟是一大片牆堵在眼前，窗，只是裝飾而已。只好把那一面牆當現代畫，欣賞它的「肌理」表現。

這一天住苗栗南庄，天剛亮，同寢還在睡夢中，輕輕推開小窗子，外面是一片色彩豐富的菜園。精彩的是，這間農舍簡潔的一大片白牆，開了二十多個門窗，全部朝東；天一亮，陽光會照進每一個房間，屋中每一個人都會天天早起，好一個晨光之家。

2006. 3.15. TSAO.

讓我畫到忘我的草坡

我們在飛牛牧場的民宿開「田園之春」叢書的編輯會議，順便參訪休閒農場。整個晚上強風呼呼價響，有如颱風過境，原來這兒位在苗栗靠海的通霄，海風直入，沒有阻擋。傍晚晚餐前，找一個好角度，畫牧場風景，結果風跑來湊熱鬧，搶我的水罐和調色盤，調色盤又彈又跳的飛了將近十公尺，盤上遮拇指洞的小蓋子從此消失，我算是領教了山嶺上海風的威力。

第二天一早，一絲風也沒有，像是另一個世界。早餐前趕緊畫兩張乳牛，證明自己真的來過牧場。匆匆用過早餐，趁大家還在聊天、整理行李，我在附近發現這塊草很茂盛的山坡，散植著一些不太高的樹，有些生長得不錯，有些似乎要枯死了，它們要能戰勝海風，才能守住這塊土地，我忘我的畫著、想著，微風飄來廣播找我的聲音，「啊，車子要開了！」這是我第一次在旅行中，讓別人等。

飛牛牧場民宿的房間裡，床邊一組籐椅配上有古典色彩的燈具，色調柔和，有溫馨感，可是開過會的興奮令我睡不著，後來不知是不是因為我把外套披掛在椅子上，有點「家」的味道，才終於昏昏入睡了。

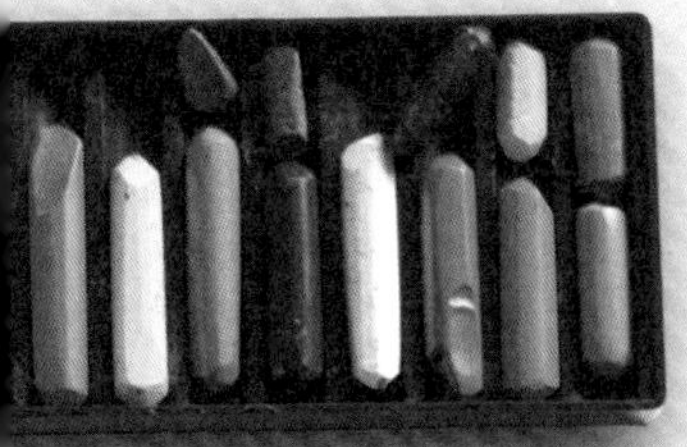

吃完早餐就要離開，前往下一個訪視點，所以起床後趕緊去畫了兩張乳牛，做為到此一遊的證明。

在浴缸裡逐光捉影

在大度山，天微亮，想要起來準備今天的課程，忽然被窗外最遠處山脊線上千變萬化的晨曦所吸引。房間內的溫泉池，觀景的角度最好，我就「泡」在乾澡池裡，以水性蠟筆捕捉晨光。儘管再怎麼快筆，也追不上自然的瞬息萬變，最後呈現出來的，可能天空部分是四點三十分的模樣，地面已經是五點多的光影了。正聚精會神的畫著，後面傳來「咔嚓、咔嚓」的聲音，同房的許勝奇老師已經起床，並拍下「浴缸裡的畫家」，還說這是此行最神奇的收穫！

2006,6.28,
TS'AO

TS'AO
2001年5月四日 靜宜大學 相思花盛開

參加在靜宜大學舉辦的研討會,被主辦單位安排住進附近的汽車旅館,這間木造建築形式的旅館,感覺有點像「布景」,也帶點異國情調。

最燦爛奔放的相思花海

相思樹，曾經是台灣很重要的經濟植物，人們用它燒製木炭，也用它作為採礦時支撐礦穴用的坑木，及山區重要運輸系統——輕便車鐵軌的枕木。所以在台灣低海拔的山丘、坡地，很容易看到相思林。雖然我常常到近郊小山散步登山，也看過相思樹開花，却都沒有像二〇〇一年五月在靜宜大學看到的這麼壯觀，我很努力想畫出它的奔放與亮麗，所以磨了很久，已經不能算是「速」寫了。開完會比我晚下山的徐素霞老師，看到我詫異的問：「你不是說要趕搭火車，怎麼還在這兒呢？」後來，我是改搭客運回台北的。

2006. 7. 3. 彰化全台
下午4点朝東
南瑤宮在左前
15:40

因畫畫與古廟結緣

到彰化和幼稚園老師們談圖畫書，課程是從早上九點開始，連續六個小時，當時還沒有便利快捷的高鐵，所以跟往常一樣提前一天到，而且是前一天的中午以前就到中部來和同學聚會。散會後，好朋友膠彩畫大師曾得標和蘇安雄一起開車送我到彰化的旅館，這樣我可以有多一點時間，再整理一下第二天要談的內容。不過一進房間，開窗看到東邊亮麗的風景，忍不住手癢，還是先畫圖再說。晚上，安排這次課程的施老師來看我，見到這幅畫，指出左邊那座廟是當地一座歷史悠久的媽祖廟，叫做南瑤宮。隔天清早上課前，我就跑去參觀、禮拜，如果不是畫了這一幅畫，我大概不會有機會認識這座古蹟吧！

住宿的地方提供早餐，平時多吃土司的我，那天特別選台灣式的稀飯，配當地的醬菜。

我在林間等雨停

清晨在林間散步，忽然天上開始滴水，趕緊躲到亭子裡，可是雨越下越大，一時被困在那裡無法離開，不想讓時間這麼空白流過，就拿起水彩畫林間雨景。畫好了，雨也停了，回去吃早餐正好。一回小說家李潼和我談天，提到有人說羅東很美，可惜老是下雨，對愛攝影的人很不利，李潼當時就回答，羅東的美，就美在雨多，要能拍出羅東雨之美，才是高手！我很同意這樣的說法，將制約變成創作的特色，這樣的創作才珍貴。

噓，別把晨霧嚇跑了

晚上車子在漆黑的山中趕路，一早醒來身在茶鄉鹿谷，外頭一片霧茫茫，遠處小燈被霧暈開，因為霧的流動，忽強忽弱的閃著；有時還隱約看到樹的影子，被受到光照的霧氣襯托出來，好像在打招呼的手。我站在窗口畫這個神奇難得的動態畫面，而且不能開燈，一開燈就看不到眼前的美景，所以只能用一盞日光小手電筒，放在畫紙旁邊，安靜的動筆——深怕一不小心就把晨霧嚇跑了。

撒金粉的豪氣山頭

一個人在高山的公路上走著，沒有車，也沒有別人，只有早起的小鳥匆匆飛過。路轉了一個大彎，看到元旦的第一道陽光，已經為最高的山頭撒上金粉，它前方的山坡，也借著晨光，秀出青春活潑的綠意；山谷裡的村落，卻還沉浸在藍色薄霧的睡意中。我試圖畫下這一切，無奈只剩下一些色彩的回憶，無法捉住當時的感動，與大山的豪氣。不過還是要感謝朋友的邀約，在新曆除夕從埔里開車載我到霧社賽德克部落作客，才有機會欣賞到這麼難得的豪景。

青山的傷痕

二〇〇〇年十二月在埔里有一次書畫山城童書繪本原畫展，為配合展出，還同步舉行一些活動，我被安排在歲末最後一天導覽和演講。從展覽會場的一扇窗子，看出去的景色不錯，借用空檔，用水性蠟筆收集這個畫面。畫著畫著忽然發現，美麗的青山有一大塊崩落的傷痕，心不自覺的痛了一下：這會不會是去年九二一大地震造成的呢？這樣的傷痕要多久才能復原呢？畫完，禁不住再次為台灣的平安祈禱。

勢早，南台灣

嫵媚山村

前一天，住山美村的民宿，乾淨舒適。民宿主人是美麗大方的鄒族女孩，文化大學畢業，知道我們是為編繪兒童讀物來採集資料的，很健談，大家雖然因而很晚才就寢，早上卻起得很早，就在露天的餐桌上繼續聊昨晚提到的鄒族傳說，我們座位所面對的山，在晨光的撫慰與淡淡的山嵐中展現著它的嫵媚。不專心的我，不管其他人在說什麼，任性的在畫紙上玩起早晨的金黃色調。

靈淨山谷

這麼美麗的溪谷，是鄒族的聖地，叫做「達娜伊谷」。它曾經因為外人的不瞭解與任性，導致環境惡化，資源流失。經過族人辛苦的護衛與復育，才回復為鯝魚自然生態的樂園。我畫這幅圖時，同行的夥伴貼心的假裝在遠處溪邊有事忙著，好讓我能夠安心的畫，畫出山谷的寧靜與靈淨。

（二〇〇九年，莫拉克颱風重創台灣，達娜伊谷也嚴重受害，希望此地能早日康復。）

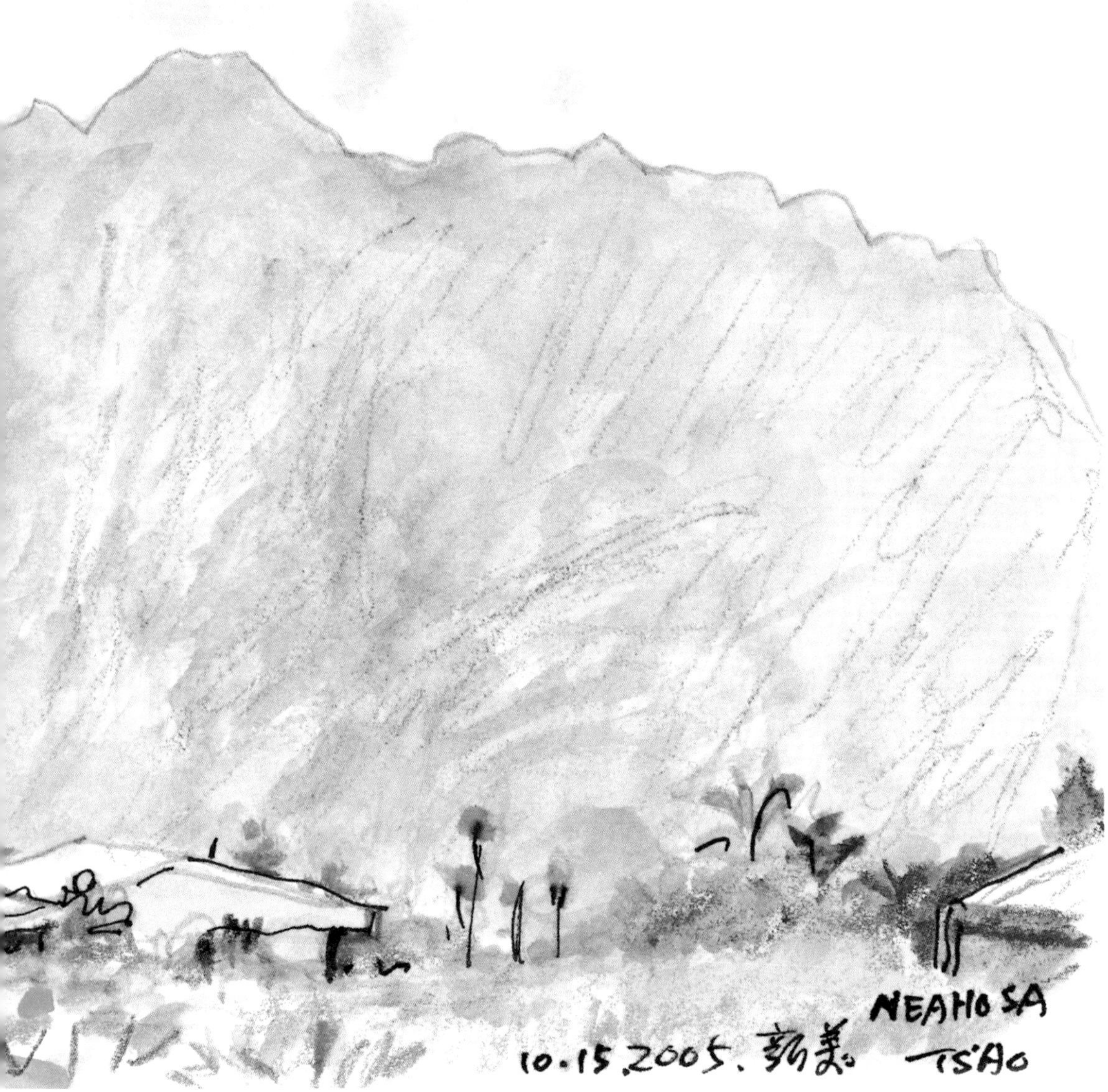
NEAHOSA
10.15.2005.新美 TSAO

幸得好景相陪伴

早上由嘉義勞工育樂中心開車上山，十點鐘開始講課，聽眾連工作人員算在內只有六個人，因為是周日，大家都去禮拜堂做禮拜了。中午下課後吃了一個便當，就沒事了。因為忘了請工作人員留下手號號碼，也不知道他們什麼時候會回來載我下山，不敢隨便走動，只好待在NEAHOSA部落的聚會所，看看書，畫點畫。還好山上的風景，

我本來就喜歡，而且我畫圖時，引來當地小朋友圍觀，我也趁機偷偷畫了他們的速寫。結果直到下午三點才有人來接我，從嘉義搭客運北返時是六點，回到家已經晚上十點了，是一次很沒有成就感的推廣旅行。

這是我畫下的部落小女孩，給她看圖的時候，她笑得好開心。

被認出來了喲

老同學由美國回來，幾個好友一同開車上阿里山，晚上住在瑞里的民宿。有趣的是，民宿的女主人竟然說她認得我，原來她的孩子都看過我的圖畫書，書上有作者的照片。第二天早上，她特地把已經捐給學校的書借回來要我簽名，這時候對面遠方被太陽照得很亮的山坡，將民宿旁的檳榔樹，襯得像筆畫明朗的剪影。

遼闊的魚塭

在台南北門區的南鯤鯓代天府，一處叫「榱榔山莊」的地方住了一夜，早上醒來，先在廟裡欣賞門柱上的對聯詩句，再到外面散步。這兒因為靠近海，且是平坦寬闊的海埔地，風景幾乎就是由水平線建構而成的。這一天雖然也畫了廟宇建築的速寫，看來看去還是覺得，這一幅魚塭風光比較有地方景觀特色。

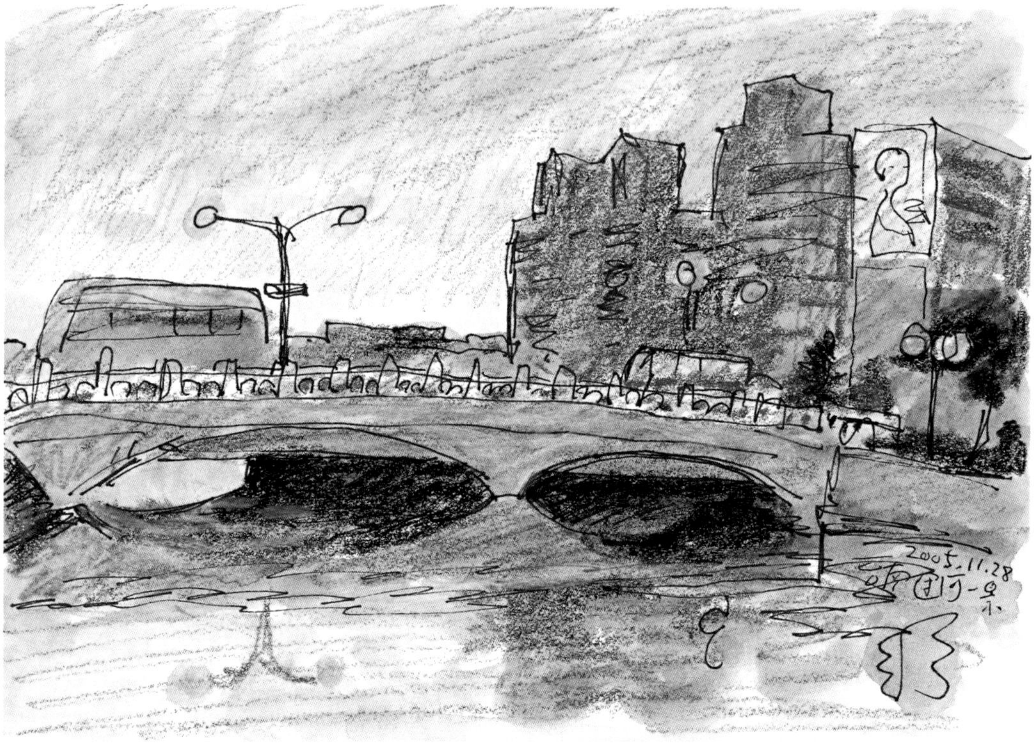

有沒有打到光，有差！

從投宿的旅店出來，天色未白，路燈還亮著，沿著運河走，希望能看到船。旁邊的草地上有早起運動的人，也有人和我一樣，以快步當作運動。不過，我是走走停停的，停下來看風景、畫速寫，還得注意時間好往回走，免得誤了正事。回程加

快腳步，快到旅店附近時，天已大亮。運河對岸的建築，陽光從側面平射，形成明亮的暖色面與只接受反射光的寒色面，構成有趣的對比。我先以線條速寫，看看還有餘裕的時間，以水性蠟筆，快速的捉住這短暫的光影和色彩。畫完後趕緊跑步回去，淋浴更衣，放棄旅店的早餐，還好開會地點只隔一條街。

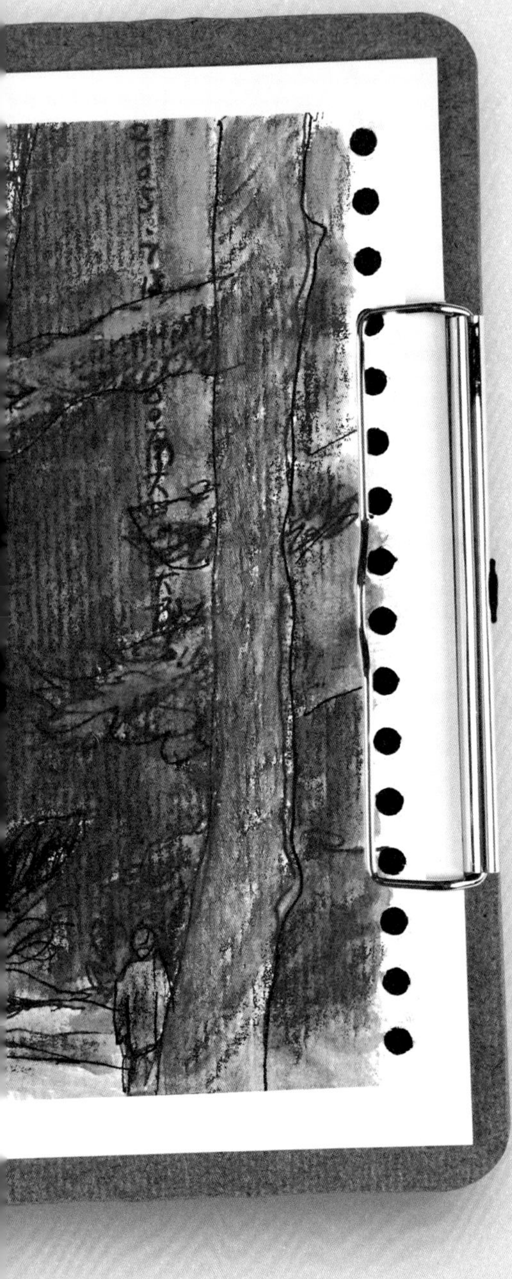

紅磚老樹相輝映

由於兒童文學學會安排的課程是在台南大學進行，我才有機會感受到這些老樹和紅磚大樓帶給我的感動。台南大學的前身是台南師範學校，當年，和台北師範學校一樣設有藝術師範科，兩個學校的建築極為類似，但是台北師範的老建物只剩大禮堂的外殼，台南師範不但紅磚大樓還在，與它相配的老樹，看來也挺拔健壯，充分展現文化古都的氣度及樹人意涵。我就在羡慕與懷念中充滿敬意的畫了幾幅小畫，這一幅是最有「台北師範感」的。

天光魔術秀

在大貝湖（澄清湖）的旅店陽店上，看到粉紅色的晨曦配上青灰色的山影，有一種特別的美感。本來只想用水彩記下這個美妙的色彩組合。但是前景被清晨的天光映照成淡黃色塊和突出天際線的灰綠和咖啡色，似乎在那兒喊著：「畫我，畫我！」就以簡單的色線和色點，在淺黃的底色上，加上一些草書趣味的筆畫。因為水彩還沒乾，畫完後隨手擱在床上。和大夥兒一起用完早餐再回到房間，看到它，覺得蠻有意思的，趕緊補上時間、簽上名字，表示對這件作品的珍惜。

TS'AO. 1999.3.18.

鳳山之晨 1999,11,28
TS'AO

對著橙紅旭日祝禱

到鳳山講「創作經驗分享」，主事者安排我前一天夜宿崧鶴樓，是公設民營的長青公寓。當時我還不符合「入住」的資格，有點兒不自在，但也因而感受到老齡化社會的來臨。房間清幽安靜，應該是有完善的管理。早上起來，到走廊的窗口，看到鳳山的日出，我迫不及待的在畫紙中央畫上橙紅色的太陽，再去調配周遭的天色，並用低彩度低明度的色彩表現逆光的城市建築。我希望能用最乾淨的筆和純淨的水，畫出明亮豔麗的橙紅，祈望遭遇九二一大地震的台灣，能早日復元並日日平安。

maranam kiso，東台灣

綠野「先」踪

許多到知本泡過溫泉的外地人，對知本的印象可能就是山谷、溪流和溫泉。其實，知本的區域還包括大片的原野，這兒是原住民卑南族的故鄉，以前他們在此採集、耕作，梅花鹿群也在這一大片草地覓食、嬉戲，獵人隱身草叢中，慢慢的靠近……。一面畫著，一面遙想三、四百年前的情境，山谷入口處那株綠樹，引我更深入的想像。

後山日先照

在溪谷邊散步，山蔭處還留著清晨薄薄的涼意，這兒的感覺像是早上六點；遠方的知本山，整座都在陽光照射下，已經晒了好一陣子，在那兒感覺的時間，可能是十點、十一點了。人家說「後山日先照」，東部山居的人一定都早起吧！

山蔭下白石間溪水嘩啦嘩啦的流著，它們是不是早就在山坡上的小澗裡沐浴過晨光了？

秀氣的幸福感

緊臨城市，又與海為鄰的森林公園是台東市之寶，也是人們騎鐵馬或悠閒散步的好地方。第一次驚豔是蔡益助夫婦帶我去的，那一天下午我們由綠水橋進去，只在琵琶湖附近走走，幸福的感覺就已經充滿我的心中。當晚投宿原住民文化會館。次日清早，借用會館的鐵馬，由中山路口進入森林公園，直奔湖邊，將那份幸福的感動收到速寫簿裡。

遊客觀海，我觀亭

濱海公園在與森林公園相接的地方，蓋了一座白色的觀日亭，優美的造形，讓我想起「仲夏夜之夢」的場景。亭子背後有深綠色的木麻黃防風林做為背景，顯得更加有氣質，大片綠地上一道曲線優美的彎道，也增添了幾許嫵媚，遊客的彩衣則有點睛之效。

頑石朝顏

台東大學離海邊很近，步行就能到。只要時間夠，早晨我都會散步到這個可以看海的地方，向太平洋道早安。聽它輕輕的以波浪撫愛台灣土地的聲音。海邊的大小石頭，以各自不同的表情與海風對話，它們目不轉睛的盯著東方的天空，天邊浮現羞赧的紛紅。

捉住反復的瞬間

颱風從台灣近海掃過，天微陰，前一天的選書工作告一段落，輕鬆的早晨，又信步來到海邊。海浪興奮的翻滾、跳躍著，發出的聲音好像在對我說：「畫我呀！畫我呀！看看你能不能捉住我的身影？」我靜靜的看了一陣子，發現浪花的行進其實依循某些固定模式在反復著，就掌握其中一段，試著將它畫下來。

霞光照果凍

有時間的話，爬上鯉魚山上，欣賞海上霞光也是一大樂事，不同的高度看海，光線的折射角度就不一樣，呈現的色彩也大不相同。童書作家嚴淑女，因喜歡太平洋果凍般的藍，到東大兒文所來唸書。不知道我看到的，是否就是那可愛的顏色？

天啊！

別誤會，不是有什麼委曲要告狀，而是忍不住想說：「哇！天怎麼這麼美。」住在房子又多又高又密集的地方，不知不覺忘了看天空。到台東，尤其是大清早，面對太平洋，很自然的看到天空，很自然的因為天空的美而不自覺的深呼吸。天啊！天賜美景，而且日日不同，我們怎麼老是忘了欣賞呢？真是富有而不自知，暴殄天物啊！

鯉魚山的南國色調

我畫過很多次鯉魚山，因為它就在台東大學附近，只要參加學校的活動，在這一帶進進出出，一定會看到它。如果在附近投宿，更可以藉機爬山運動一下。山下的早市可看到具有地方特色的各種農產品，山腰的寺廟為它增添鮮豔的色彩。這幅畫是在公教會館前的路旁畫的，雖然是四月的清晨，卻有濃烈的熱帶色彩，前面的椰子樹，更帶出南國情調。

東方初陽照山頭

任何地方的風景，都會隨著太陽位置的不同而變化著。清晨和傍晚的變化更明顯，因為這段時間陽光照射的角度，從平射到四十五度角一直在改變，帶動大地萬物的受光面和陰暗面也不停的變化，投射出的影子形狀也是時刻在變。加上陽光的折射、反射等複雜因素帶來色彩的變化，就更精彩了。能夠早點起來欣賞這些自然美景是幸福的。把它寫下來，拍攝下來，或畫下來，與人分享，那就更棒了。

看！太平溪上方，山正在拉開蓋了一個晚上的被子，探頭與東方的初陽道早安。

風滿樓

天還沒亮，旅社的窗子嘎啦嘎啦響著，我的房間在八樓，十月天，卻很涼快。睡前我關了空調，窗子打開一個小縫，讓涼風進來，我喜歡自然的風，外面風大不會有蚊子。半夜，風更大了，吹過窗縫，像笛子的呼嘯聲，試著將它當作催眠曲，就在這些聲音中睡著，也在這些聲音中醒來。想要起來關窗，外面天色已白，雲在天上奔騰，遠山不如平時清晰，卻在灰色調子中展現著層次。風，似乎把顏色掃光了，只剩下冷色的灰、白、黑，和這時候看起來特別好看的紅，那是鐵皮屋頂邊緣的裝飾。高高的椰子樹，隨著風的節奏舞動著，這是柯羅莎颱風來襲的早晨，盯著沒打開的電視，但願等一下報的是全台平安的消息。

TSAO
台東,那魯灣.日光樓上看天亮 2008.7.31晨

瀟灑的「都蘭紳士」

第九屆亞洲兒童文學大會在台東舉行，與會者包括來自韓國、日本、香港和中國等地的會員，我們陪外賓住娜路彎大酒店。當天，我依舊早起，到附近散步，走到有紅色橋拱的日光橋上。晨光正在都蘭山側演出色彩變幻的戲碼，山披著白色的圍巾，一派瀟灑的紳士樣，田地上列隊的小樹，像一排綠色小兵，點出靜音卻有力的節奏……沉浸在如此美麗的演出中，我還記得說：「啊！都蘭，早安！」

都蘭山被視為卑南族、阿美族的聖山，以前叫做「都巒」，是由原住民語的發音直譯的。古人說：「山不在高，有仙則靈」，在這兒似乎改成「山不在高，有雲則靈」更貼切一些，因為都蘭山攬住海上飄來的水氣，凝成山嵐與雲氣，山林因而青翠，自有仙氣。我在台東各地畫風景速寫，常常不自覺的會在作品中的天際線出現都蘭山，看來都蘭山成為台東的重要地標是極自然的。

TS'AO 2005 台東 4月9日 杉原 62歲

海浪與礁石的對談

台東人好客，他們喜歡和朋友分享台東各地的美景，常常有朋友開車載我到不同的景點。有一天，為了談一個活動的細節，朋友建議邊吃飯邊聊，結果一上車就一直往北走，過了小野柳，來到一個叫做「杉原」的地方——地名很美，海水很美，黑中帶赤的礁石也很美。吃過飯，拿起水蠟筆，我就專心的畫了起來，忘了那天中午有沒有幫朋友解決問題，為活動出點子。我沉醉的望著海水激起的浪花，在礁石間流竄著，像頑童在玩捉迷藏似的，最後消失無蹤。而遠處的白浪似乎在叫著：「等我，等我！」好像想來湊熱鬧。暗紅色的礁石群和藍色的海水間因為有白浪當分割色，顯得格外迷人。

仙境綺想

有一天，由花蓮走花東海岸公路向南到台東去。在八仙洞用過午餐後繼續南下，除了司機，車上的人大半都睡了，我也覺得有點睏，但是捨不得這麼美好的山海景觀，硬撐著眼皮，貪婪的東張西望，突然看到遠方有座小山像半島似的突出海上，它的形狀在我看來，宛如女人胸前抱個小孩仰躺在那兒，大約從長濱開始，隨著道路的左轉右拐，它就像躲貓貓似的，一會兒出現，一會兒消失，我的睡意全消。車子終於在一個我忘了名字的景點暫停，早準備好鉛筆和本子的我，跳下車就開始畫，本來只預備畫鉛筆速寫，看看還有時間，就上了一些淡彩。車停的地方正巧有一片椰林當前景，真好。後來才知道那座「美人山」是三仙台，很有名的。

龍影舞山坡

在池上很有藝術氣氛的民宿，舒適的睡了一晚。隔天清晨，借用民宿的鐵馬，想到大坡池去繞一圈，結果在池邊樹下，抬頭看到難得一見的奇景：早晨的太陽照在山坡上，新生的白雲就在山腰形成，等一條一條的白雲慢慢升起到一定的高度後，陽光再將它們的影子投射映照在山坡上，緩緩的，在山坡上起伏的移動著，彷彿好多條律動優美的龍影。手邊沒有攝影機，就畫張速寫吧，希望能將那種動感也畫進去。

池上果真有個「池」

花東縱谷有好山好水，又少受汙染，所以出產的好米相當受到歡迎。奔馳在縱谷的花東線火車，接近富里、池上、關山等車站時，有些旅客會趕緊到車門旁等著，車一停就下車去買當地好米做的「便當」，而月台上賣便當的人也緊張的把握短短的停車時間，能多賣幾個是幾個。我向來對地名的由來充滿好奇，像「池上」是不是真的有個池？就一直想找機會弄個清楚。這一天受邀到台九線做寫生報導，來到此山坡上，總算開了眼界。這寶貝「池」的水，聽說主要來自發源於中央山脈的溪水伏流。看到它背後青翠的高山和充足的雲氣，只要大家好好珍惜，這應該可以是一個「萬歲池」吧！

花東線火車站賣池上便當的婦人。

大坡池邊那一行「小樹」，每一株都有三層樓高哦！

花東縱谷的大地變裝秀……

花東縱谷夾在中央山脈和海岸山脈之間，花東線火車停靠的市鎮車站，有時候沿著中央山脈的山腳，有時候又緊靠海岸山脈，時左時右的變化著。

鐵道兩旁的樹林，果園和稻田，依季節的不同變換著外觀和色彩，最明顯的是一年三熟的水稻田，在出產好

在萬安享用台灣式的定食——豪爽的「碗公割稻子飯」，眼前的稻田有些已收割，有些剛插上新秧，後方的山谷是南橫公路的入口，大地賜予美食與豪景。

米的富里、池上、關山一帶，大地就像在演出精彩的服裝秀，剛剛插秧的時候，田裡水波粼粼，倒映著青山、白雲以及在田間小道招手的檳榔樹影。每次看到這樣的美景，不由得要讚嘆，我們的農友不只在生產農作物，更在大地進行景觀藝術的創作，他們真是高明的造景大師。而且這些景都不是靜態的，隨著稻草的苗壯，將縱谷一大片一大片的鋪上翠綠的地毯，

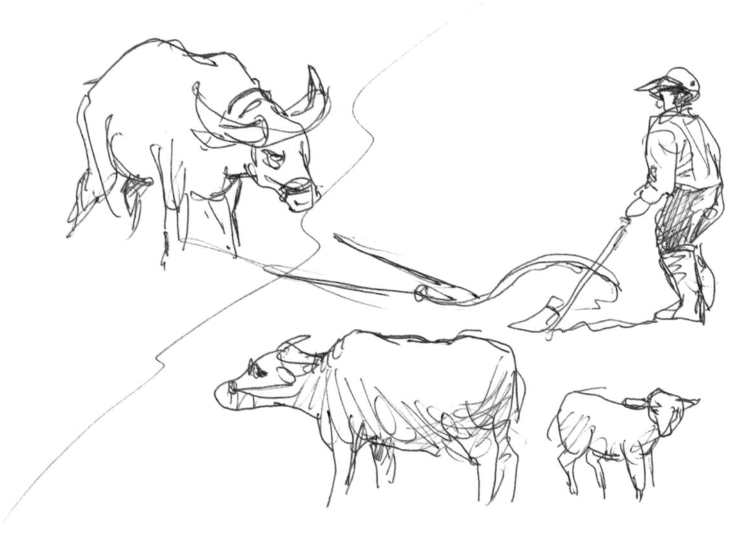

柔軟的視覺效果，撫慰著來往其間的行旅，鼓舞著這塊土地旺盛的生命力。

稻子成熟時，大地換裝，火車有如在大片黃金中穿梭，哦！其實成熟的稻米比黃金更可愛。火車行進時雖然門窗都是關閉的，從小小的透氣口，還是送進來成熟稻米和陽光混合的暖暖的香味，叫人陶醉。

收割後的稻田，赤色的泥地上遺留的稻稈，仍然以充滿韻律感的行列，歌頌著農人的「造藝」。這還不是一季稻作的尾聲，我們的農田藝術大師，接著更以大片金黃、大片粉紅的花海，演奏謝幕曲。營造出來的，不是柔美的花園景致，而是撥動心弦、鼓動脈搏的壯闊地景藝術。旅客來，不只是看花，而是全身投入的「泡」花——沐浴在花海彩浪之中。不過，如果沒有先體驗前面敍述的景色變化過程，只看到最後這一幕，可能無法完整領略到這股潛在的生命力的感動。

農會利用稻作休耕期有計畫的營造地景，連田間的小路都變成曲線了，大地就像一片織錦般的華麗。

鐵馬驛站

搭火車到關山站下車，但不是圖畫裡這個關山火車站。不過開車來接我們的朋友，還是刻意載我們來看這個舊車站。鐵路拆掉了，火車不來了，但它仍然是一個車站，一個鐵馬車站。在暮色中，在依然空曠的田野中，靜靜的透出思念的黃色燈光。建築還是那麼幽雅秀麗，它正要休息，因為白天的時候，年輕的、童稚的，甚至於常青的騎士，牽著鐵馬在這兒進進出出，充滿青春氣息的忙碌著。這裡是全新的鐵馬驛站，準備迎接明日的早安。

2008.11.19.花東行，傍晚，關山火車舊站

砂子和石頭在旅行

到花蓮和小學教師們討論圖畫書延伸的美勞活動，結束後本來來得及搭機北返，主辦人員盛情邀約留下晚餐，談話到深夜，被安排夜宿洄瀾客棧；周遭很安靜，以為是在比較偏僻荒涼的地區。一早醒來，發現窗外就是砂石港口，這麼特殊的景色，當天又沒有預定行程，就從容的坐在窗邊，畫下這幅別人可能不以為是風景的風景——意外撿到的風景。

鋼鐵水泥的風景

洄瀾客棧備有鐵馬，可供旅人借用，早餐之前，出去兜一兜也不錯。原來，客棧外面就是港濱公園的自行車道，一路上有許多可以畫船的地方，可惜時間不怎麼多，最後選擇這兒，畫下一幅貨輪和背後高架輸送帶組合起來，完全是人造物——鋼鐵和水泥——構成的風景，鐵灰、暗紅和深深的灰藍，在晨光的灰白襯托下，也是一幅有力的剪影。

啊！太平洋，啊！龜山島

以前從台北到蘭陽地區，如果不搭火車，第一個考驗就是九彎十八拐。因為以前雖然也常出門，卻還是很容易暈車。所以那天要去宜蘭三星，說是要走公路，我就有點兒緊張，朋友貼心的在幾個景色好的地方短暫停留，不過因為趕時間，每個地方都真的只停一下子而已。到了這兒，看到太平洋了，看到龜山島了，我莫名的興奮起來，快速的用代針筆畫下這個景。等車子滑到平路上，就趁記憶還算清楚的時候，簡單的上了淡彩，車子還有些晃，但我已經忘記暈車的事了。

1998.元

宜蘭線的臨海窗景

搭乘自強號去宜蘭評蘭新獎圖畫書創作比賽，先用電話預約訂票，本來在住家附近的郵局就可以取票，相當方便，不過在郵局取票，座位是電腦挑的，無從選擇；這次我利用到火車站附近辦事之便，到台鐵售票口取票，特別要求靠窗、靠海的位置。這樣的工夫不能白費，因此一上車，

就把速寫本和簡單的畫具準備好，火車跑得實在很快，加上靠近鐵軌的近景常會遮掉我的視線，所以不僅要畫得很快，還要捉住瞬間的記憶，才能在景致已經完全溜走了之後，還有辦法為未完成的畫「補妝」。第一幅是由海堤、燈塔和龜山島，形成趣味的點、線、面；第二幅是岩石特殊的排列，有「眾石朝海」的趣味——都是意象清楚、構圖簡潔的畫面。

擺個姿勢，等你來說故事！

和朋友來綠島，純粹是以旅行寫生為目的，這兒可以入畫的風景題材無數，時間夠的話，好好畫上半個月，想必有極豐碩的成果。這一張畫是來綠島的第二天清晨，聽說要變天了，但是還很晴朗明亮。此時，干潮礁石和海水之間浮現一片綠綠的海藻帶，正好為類似焦炭的黑色岩石補上一些色彩。排列在海岸邊的三塊怪形石頭，也非常適合以蠟筆的粗糙筆觸來呈現它們的質感。這些如焦炭的石頭，姿勢和位置都像正在演戲，希望哪天有誰靈感來了，為它們編個故事，拍個夢幻電影。

2004.4.7

(上) 人們在前往綠島的碼頭上邊等船，邊坐著聊天。

(下) 在綠島的碼頭看到船正好上岸休息，這是我喜歡的題材，可惜馬上得搭船回台東了，簡單畫個幾筆，希望以後還有機會來畫漁船搭輕便車的有趣畫面。

到綠島兩天一夜，有幾餐需要解決，繞來繞去，似乎也只有那麼幾家餐廳，這家去了兩次，有一次等比較久，就畫了這幅畫。

變天前的五彩清晨

第一次到蘭嶼，是為了《小孩與螃蟹》這本書，想瞭解故事的背景，也為故事的場景和一些細節尋找靈感和線索。因為是暑期，來這兒的年輕觀光客也很多，畫了一些速寫，但是都太匆忙，而且以收集資料為目的，並沒特別在意構圖的問題。第二天早起，先是這麼五彩的天氣，早餐前去爬山，卻碰上下雨，無法畫圖，但回到住宿的地方，天又晴了。聽說是有颱風要來，不敢多留一天，趕緊搭機回台東了。

（上）涼亭還沒蓋好，撐個陽傘就可先享用了，達悟人樂天自在的精神值得我們學習。
（下）上面是人住的、現代化的水泥建築，下面是船住的、充滿原味的船屋。

（上）小蘭嶼是達悟人重要的漁場，聽說那兒飛魚和鬼頭刀很多，島上還有許多鳥。看起來好像很近，其實要有技術和經驗的人才能划到那兒。

（下）豬、雞自由的來來去去，形成有趣的街景，有時山羊也會加入，達悟人習慣這樣的放養方式。

現在，喜歡畫圖的人，可以在一般文具店或圖畫材料店買到速寫簿，而且有各種不同規格、尺寸任你挑選，裡頭的紙張也有各種材質，滿足不同的需求。和我小時候很不一樣，當時，台北只有一家畫材店，正式的速寫簿都是進口貨，像奢侈品一般，很貴，所以我從小就養成運用身邊的各種紙張，只要能畫，就可以隨意創作的習慣。

和許多愛畫圖的人一樣，我也是從小就喜歡塗塗抹抹，享受畫圖的樂趣，可是從國民小學五年級開始，因為初中聯考的升學壓力，課表上的美術課只是一種裝飾，美術課的時間都在上國語和算數。還好，並不是美術課才能畫圖。我是無時無刻，任何地點，任何材料，都可以自我滿足塗鴉的欲望，課本的空白處、用過的考卷背後都可能出現我的傑作，還好當時碰到的老師，還有我的母親，都睜一隻眼、閉一隻眼的容忍我這些非正式作品的存在。

考上初中後，就像從籠子裡被放出來的鳥，不再有人督促功課，我可以放任自己，做最愛的事——畫圖！因為從小就被親友師長誇讚很會畫，還被暱稱為小畫家，就自我認定為畫家，成天夾著一本速寫簿，畫東畫西；因為讀過余光中譯的《生之慾》（梵谷傳），相信只要能掌握最難的人物畫，其他的題材就比較沒有問題，所以除了大稻埕、淡水河邊的街景，三重、士林、北投的田園風光之外，親戚的小孩和媽祖宮裡聽勸善（講古）的老人，對街等候客人的三輪車夫，在針車上縫製衣服的姐姐和嫂嫂，都是我練筆的對象。

畫速寫的筆，除了鉛筆、蠟筆之外，在室內有時會用油畫筆或毛筆，為了畫出不同的線條效果，我還曾將竹筷子削尖，稍稍敲碎筆尖，使它容易含墨，再沾墨汁來畫。外出時，就將棉花塞在小瓶子裡，再裝墨水。棉花含著墨水，瓶子傾倒時墨水才不會一下子就流出來，後來文具店開始賣奇異筆，竹筆就漸漸被取代了。我曾經在師範學校（高中）時，以竹筆畫一百多張台北街景，並在校內以「台北百景」展出。可惜後來因為搬家，再也沒看到這一套速寫了。

剛開始，我畫速寫用的紙，是利用母親教的五、六年級學生用過的考卷背面，後來在文具店發現當考卷用的白報紙並不很貴，才買新的紙來用。前面提到的「台北百景」就是畫在白報紙上的。以前，發現自己的零用錢根本買不起舶來品的速寫簿，就拆下餅乾盒紙板，和

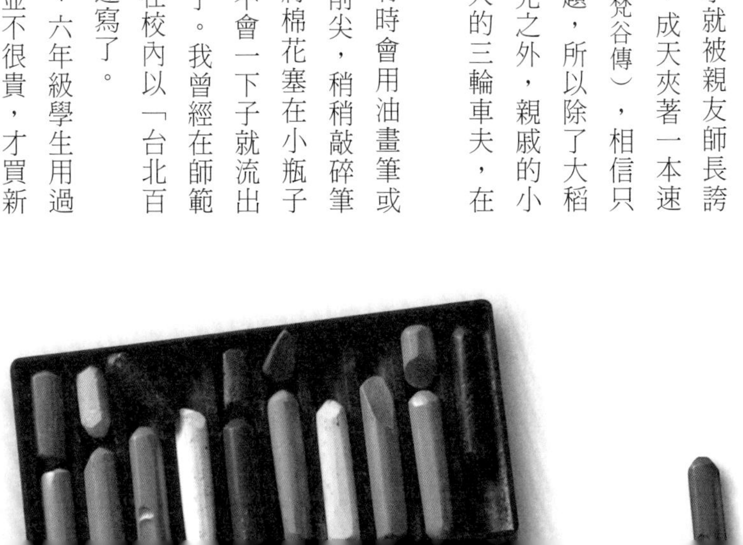

破舊學生制服的卡其布，裝裱成速寫簿的封面和封底，打洞後，再用鞋帶將同樣以錐子打洞的白報紙穿在一起。這樣自製的速寫簿，比買現成的更神氣，常常有人好奇探問，我就有機會神氣的炫耀，有時候還將調色板上剩餘的油畫顏料刮在卡其布的封面上，使它具有防水功能，也更有懷舊的藝術氣氛。

現在市面上可以買到各種速寫簿，我最常用的是台灣製十三公分乘十九公分大小，以金屬線圈裝訂的小本子，因為它的尺寸正好可放入我的隨身包，不佔地方，紙質也適合淡彩和簽字筆，很方便。有時我直接用水彩畫速寫，便會選擇CANSON的水彩紙速寫本F2的尺寸，用起來似乎最順手。當然，我還是隨時都會準備一本自製的簡易速寫本，那是將留有一面空白的A4影印資料裁切收集起來，襯在一塊紙板上，用長尾夾夾在一起的。拿它來畫那些可能時間不夠充裕或描繪對象移動的題材，就不用擔心畫不成會浪費紙張了。

畫速寫，本來是一種鍛鍊，後來變成在忙碌中，找時間享受繪畫之樂的一種變通，久而久之變成一種習慣，有點兒像是寫日記，蠻有趣的。

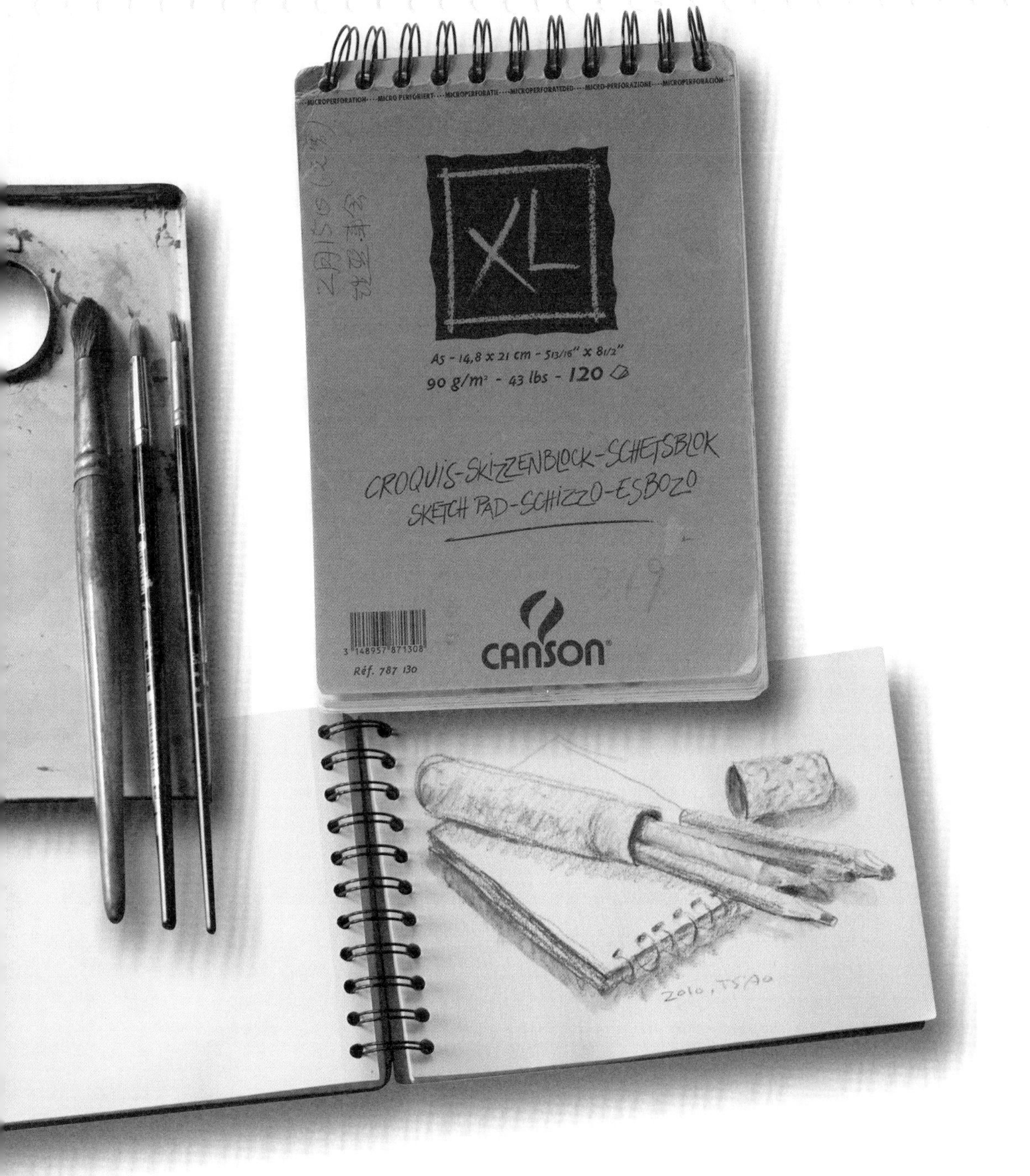
XL
A5 - 14,8 x 21 cm - 5 13/16" x 8 1/2"
90 g/m² - 43 lbs - 120
CROQUIS-SKIZZENBLOCK-SCHETSBLOK
SKETCH PAD-SCHIZZO-ESBOZO
3 148957 871308
Réf. 787 130
CANSON

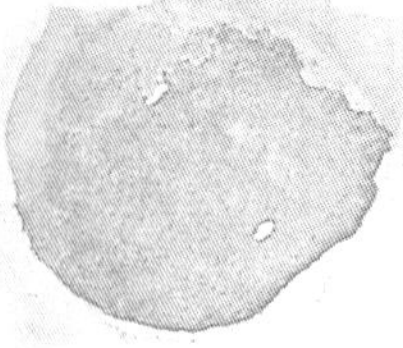

Taiwan Style 11

早安台灣

曹俊彥 文、圖

副總編輯　黃靜宜
主編　張詩薇
美術設計　江孟達工作室
企劃　叢昌瑜
畫具攝影　陳輝明

國家圖書館出版品預行編目資料

早安台灣／曹俊彥 文. 圖.
-- 初版. -- 台北市
遠流，2011.08
面；　公分.--（Taiwan Style; 11）
ISBN 978-957-32-6824-6（平裝）

855　　100013851

發行人／王榮文
出版發行／遠流出版事業股份有限公司
地址：台北市 100 南昌路二段 81 號 6 樓
電話：（02）2392-6899
傳真：（02）2392-6658
郵政劃撥：0189456-1
著作權顧問／蕭雄淋律師
法律顧問／董安丹律師

2011 年 8 月 1 日　初版一刷
行政院新聞局局版臺業字第 1295 號
定價 330 元
若有缺頁破損，敬請寄回更換

Printed in Taiwan
ISBN 978-957-32-6824-6
遠流博識網　http://www.ylib.com　E-mail ylib@ylib.com